那些陪伴过你的人，
是岁月留给你最好的礼物。

愿有 素心人
陪你数晨昏

青年文摘微信
▼主编

中国青年出版社

目录 Contents

Chapter *5*

这世上，没有谁是一座孤岛

Chapter *1*

愿有素心人，
陪你数晨昏

　　当你在不断往前奔跑的时候，愿有人和你一起数晨昏，陪你走到青丝剥离成白发，春雷响彻寒冬；愿你即便强大到无需有人陪，却依然幸运到有人细水长流地陪在身边。

愿有素心人，陪你数晨昏

猪小浅 ♥ 文

01

可能每个人的生命里，都不可避免地会有一段自卑、敏感而又孤独的时光。

对我来说，是在 19 岁到 22 岁。那时，我在淮南上大学。

作为宿舍里唯一的小镇姑娘，我很快感觉到自己的不一样。有哪点不一样，是在宿舍的姑娘们聚在一起聊到某个品牌时，我分不清说的是衣服还是化妆品；是在她们打扮得花枝招展去逛街时，我不合群地躲进了图书馆。

眼前的城市，处处人潮汹涌，我却有种将自己压扁了也挤不进去的绝望。不知道你能不能够理解，那种游离于人群之外的孤独。

有些人的出现，就像一束光。韩珍珍是我在人海中找到的同类。

她和我一样，也来自不知名的小镇，可她却是那样自信满满的姑娘。她说，妞，未来总会好起来的。说这句话的韩珍珍，整个人笼罩在夕阳里，看起来特别美。而我心底那点捉襟见肘的自卑，就这样被她说得一点点明亮起来。

我记得我们第一次去吃西餐时，什么都不懂的小尴尬；也记得我们一起去商场专柜，买到第一瓶 Dior 香水时的小兴奋……原本有点糟糕的岁月，因为有个人陪伴，很多事情好像就没那么难了。

22 岁之后，我和韩珍珍辗转于不同的城市。很多朋友一路走一路丢，可她始终排在我好友名单第一位。曾经有人问我，为什么你们一直没有走散？

我想了想回答，可能因为这些年，我和韩珍珍一直在共同成长。她在她的城市努力活得丰盛，我也在我的城市努力成为一道风景。这种心灵上的相互陪伴，让我们即便隔着山水，也能游刃有余地维系一段友情。

后来的我们，心里都有一把筛子，筛选朋友的过程更为苛刻，对陪伴的要求也更高。你还会以为一起吃饭、逛街就是陪伴吗？相比这种锦上添花的喧闹，你不在身边，但你却在心上，才是更深层次的陪伴。

就像我和韩珍珍，不常见面，也很少寒暄，可我们心里都清楚地知道，无论何时，始终有个人能陪自己聊一聊精致的灵魂，以及诗意的远方。

在这个世界上，有的人陪伴你的是时间，而有的人陪伴你的是心灵。

02

或迟或早，都要经历一场爱情。不问原因，不问结果，只因我爱你，所以我愿意等你。

中文系师妹舒雅 22 岁之后的人生，毫无防备地陷入了漫长的等待。她等的那个人，叫 Ken。

Ken 是苏州人，他们在大三那年开始恋爱。毕业后，Ken 飞去太平洋彼岸念研究生。舒雅去了苏州，留在他从小生活的地方等他，仿佛这样他就还在身边。

然后，她在清晨的薄雾里等他，在黄昏的暮色里等他，在寂静无眠的深夜里等他，就像等待未知的戈多，就像这些年她乐此不疲地在单曲循环一首老情歌。

一直到某个黄昏，这种带点浪漫主义色彩的等待，"砰"的一声，戛然而止。

Ken向舒雅坦白，他对那个每天和自己一起打工的女生动了真心。听到这句话的时候，舒雅比想象中冷静。

她在大哭一场后对我说，这并不奇怪啊，这些年，我的白天穿过他的黑夜。日子最艰难的时候，我们除了一句苍白的"加油"，就连最简单的一个拥抱都是奢侈。即便是琴瑟共鸣、情投意合的真爱又怎样？浮在半空中，落不到穿衣吃饭的细节，也就失去了存活的土壤。

这样的理由，足够用来说服自己，可舒雅还是不可避免地受到了伤害。几乎是一夜之间，她所有的等待和坚持都失去了意义。很长一段时间里，她不能接受他们的爱情故事以这种方式作为结局。

直到后来，杨树出现在舒雅的人生里。

杨树不怎么会说甜言蜜语，他说的最多的一句话是"我陪你"。当他们在这座城市一点点相爱的时候，连我都时常忍不住惊叹，哦！原来谈恋爱还可以是这样。

因为杨树，舒雅逐渐意识到，好的爱情，应该是感冒时的那杯热水，是生气后还能拥抱，是日积月累之后的绵长情谊。我在他们的爱情里，看到陪伴的温情。

以前总听人说，我们要感谢那些伤害过我们的人，是他们让我们一夜长大。但在真正被伤害并懂得宽容后，才逐渐明白，能让我们成长的只有我们自己，而我们真正应该感谢和珍惜的，是陪伴在我们身边的人。

春天的时候，我去参加同事的婚礼，就是那个从不掩饰自己要嫁有钱人的可爱姑娘，而最后让她决定执子之手、与子偕老的男人，既没有家财万贯，也没有风流倜傥，可她脸上的幸福，分明就是明晃得耀眼。

有人打趣她，不嫁有钱人啦？她笑着答，人生如此漫长，如果不找一个愿意死心塌地陪着你风雨同舟的人，又如何熬得过去？

我在她的幸福里想起亦舒说的：有时间相互陪伴，彼此有情，这样才算嫁得好。

当世界一步步从华丽走向荒芜，有个人肯以爱情的名义陪在身边，你就不至于一无所有。

你没有看尽世间的繁华也没关系，

有人陪伴的岁月已是最妥帖的良辰美景。

03

去年，我的朋友于果做了两件大事。

一是用他工作五年的积蓄，加上父母的资助，在苏州买了一套小居室；二是趁着放假，把父母从老家接到了苏州。他说，我准备再过两年，等他们退休后，跟着我在苏州生活。

我知道，于果做这个决定，并不是心血来潮，而是深思熟虑之后的结果。

年初的时候，于果的母亲生了一场病，在医院住了三个月。因为怕他担心，父母从头到尾对他隐瞒得天衣无缝。当于果无意中得知这件事的时候，这个大男生忍不住躲进房间里哭了起来。那是他第一次深刻地感受到，父母正在一点点变老。大概就是从那时开始，于果开始酝酿将父母接到身边。

对于在小镇生活了大半辈子的老人来说，突然换到一个陌生的城市，无异于是要连根拔起的。他并没有十足的信心去说服他们来到异乡。

可于果没想到，当他坐下来试着和父母沟通这个问题的时候，他们答应得干脆利落。当听到自己的父亲说"有儿子的地方，才是家"的时候，于果红了眼眶。而我，也感动到不行。

以前明明是父母在哪，家就在哪。可是有一天，突然就变成了我们在哪，父母就在哪。儿女待的地方，不知不觉中就成了父母的第二个故乡。

　　就在前不久，我也将爸妈接到上海住了一段时间。要如何对你描述这段美好的时光呢？

　　我陪着爸妈逛街，领着他们就像小时候他们领着我一样。以前我总是嫌我妈唠叨，可现在唠叨不停的那个人突然换成了我，我一遍遍地嘱咐"过马路要当心，别轻信陌生人，跟在我身后别走散……"。我爸说，闺女长大了，真好。我将手搭在他肩上，特别自豪地说，那是。而我没说出口的是，能陪在你们身边，真好。

　　如果你也身在异乡，大概就能理解每天下了班能和父母围在饭桌前，看着电视，唠着家常，是件多么幸福的事。虽然偶有争吵，可那分明就是平淡生活里的小浪漫。

　　也因此，我一直觉得，陪伴是最长情的告白，应该说给世界上最柔软的亲情。

04

　　窗外是寒冬的傍晚，华灯初上，夜未央。人生里每一个柔软的片刻，要有人和你共享，才更显得弥足珍贵。

　　也许有人会说，我一个人也可以读书看碟，一个人也能将日子过成绸缎，一个人也能自己陪伴自己。可成长的路上，一定要有另一个人陪你走过未知的坎坷，历经生活的周折，享受岁月的明朗，人生才算过得柔软。

　　在这个人面前，你不用山穷水复，不用柳暗花明，不用阅尽人世，不用功成名就。你没有看尽世间的繁华也没关系，有人陪伴的岁月已是最妥帖的良辰美景。

　　眼前的世界看起来可能有点粗糙，岁月也没那么温柔，当你在不断往前奔跑的时候，愿有人和你一起数晨昏，陪你走到青丝剥离成白发，春雷响彻寒冬；愿你即便强大到无需有人陪，却依然幸运到有人细水长流地陪在身边。

　　而有一天，当你越过高山，走到繁花深处，也别忘了那些陪伴过你的人，他们是岁月留给你最好的礼物。

你要相信，真的有人嫁给了爱情

Josie乔 ♥ 文

01

阿梅结婚那天，我起了个大早，从洗脸刷牙到化妆选衣服，整个过程花了半个多小时，拾掇好一切后终于出门。小城的街边，早点铺早已开门营业，我买了两份豆浆油条，乘车到达酒店已经是八点多钟，阿梅的房间已经有化妆师在给她做造型。看到我来了，她有些惊讶，"来这么早，真的不考虑做我的伴娘吗？"

我连忙放下早餐摆了摆手，"你知道的，我这人比较害羞，伴娘这份差事我真做不来。"

化妆师和阿梅同时笑了。我走到梳妆台边，看着阿梅，忍不住赞叹，"你家张先生能娶到你，真是上辈子修来的福气！"

阿梅抿了抿嘴，"其实能嫁给他，也是我的福气。"

"现在就这么向着他，以后肯定要被你撒狗粮虐哭。"

"我平时撒的还少吗？"

好吧，对于阿梅的补刀，我无话可说。

作为见证了阿梅从恋爱到结婚的好姐妹，在她婚礼的当天，我内心的喜悦其实并不输给她的家人。

我和阿梅从小一块儿长大，她大我 4 岁。我没有亲姐姐，而她一直在我的生活里充当着姐姐的角色。因为隔着年龄，所以我念初中的时候，她已经在念高中；我上大学的时候，她已经大学毕业；而等我大学毕业的时候，她已经要结婚。

无论怎么看，阿梅都是人生赢家。不过她和张先生能走到今天，以前也是吃了不少苦头的。

02

阿梅和张先生是高中同学，张先生的父母都在北京工作，所以他是在北京念的小学和初中，由于不是北京户口才回到家乡读高中。

张先生和阿梅同班，高一的时候还是前后桌。那时张先生还不叫张先生，阿梅也不叫他的全名，而是管他叫张同学。

文理分科前，张同学劝阿梅选理科。阿梅的文科成绩一直比理科好，她有些不明白张同学为什么劝她选自己不擅长的学科。阿梅本来不准备搭理对方，但有一天上课的时候却看到夹在课本里的一张小纸条，上面用铅笔写着几行小字：理科比文科更容易拿高分，大学毕业后也更好找工作。而且别担心，我理科很好，可以教你。

阿梅说她当时看到那些话的时候脸特别红，"就是傻子也能感觉到这不是普通的劝告。"

那是一堂阿梅很喜欢的英语课，但整堂课她都不在状态，老师讲的内容她一句也没听进去。

她很想转过头看坐在身后的张同学在干吗，但只要想到他可能正在看着自己，就不由得羞红了脸。

阿梅最终假装什么也没发生，把那张小纸条折好，悄悄夹在了日记本里。文理分科的时候阿梅毫不犹豫地选了理科。

剩下的日子，阿梅在学习中遇到不懂的问题都会找张同学帮忙解答，一直到高考结束，他们都没有道破彼此的秘密。

我问阿梅为什么不当面问张同学是不是喜欢自己，阿梅说："我哪敢啊！他是学霸，我虽然是学渣，但也懂得流言蜚语的可怕。"因为这，阿梅和张同学整个高中都扮演着老师和家长眼中的好学生。

我原本以为只要熬过了高考，他俩就能好好谈一场恋爱了，偏偏报考学校的时候出了岔子。张同学顺利被北京一所重点大学录取，阿梅的第一志愿也是北京的学校，但因为分数不够，只被第二志愿录取了，是南京的一所学校。

两个人为这事儿吵了一架，张同学认为阿梅不该瞒着他报南京的学校，而阿梅则觉得张同学小题大做，"大不了就异地恋，反正也只有四年。"

事实也正如阿梅所说，大学四年，他们一个在南京，一个在北京，隔着一千多公里的距离谈起了异地恋。

03

虽然人们常说距离产生美，但异地恋却很考验感情，阿梅和张先生的爱情也不例外。

大三上学期的时候，阿梅班上一个台湾来的交换生对她展开了追求。尽管阿梅一再告诉那个男生，自己已经有交往多年的男朋友，对方却置若罔闻，还扬言只要阿梅没结婚，他就还有机会。

你留不住一颗已经不爱你的心，

同样的，

你也赶不走一个想要陪你走完余生的人。

阿梅深受困扰，把这件事告诉了张先生。张先生第二天立马赶来南京，先是见了阿梅，又找到了那个跟阿梅表白的台湾男生。也不知张先生跟他说了什么，那天以后，那个男生就再也没来纠缠阿梅。

阿梅后来才知道张先生原来是找那个男生去网吧开黑了，对方输得一塌糊涂，也愿赌服输。

阿梅问他怎么会想到这个方法，张先生一脸自信地说道："来南京之前我就查了他的底细，知道他很爱打网游，但技术又不怎么样，没想到他不是一般的烂。我只用了一成的功力，就把他打得找不着北了。"阿梅嘴上虽然不承认自己男朋友游戏打得好，心里却跟吃了蜜似的。

只是随之而来的，却是张先生的不安和猜忌。

自从被台湾男生表白后，张先生就经常给阿梅打电话和发信息，每次都是拐着弯问她有没有跟别的男生待在一起。

阿梅刚开始没在意，甚至还觉得被张先生在乎是一件幸福的事儿，但被追问的次数多了，阿梅便开始反感了，她觉得张先生这是不信任她。

在张先生第 N 次打探后，阿梅终于忍无可忍，提出了分手。张先生不同意，但他越是抓着不放，阿梅就越想挣脱。几次争吵后，张先生才选择了放手，并向阿梅道歉，但都无济于事了。

阿梅说张先生占有欲太强，我不置可否。爱情就是这样，一旦爱得太过火，不管是对自己，还是对别人，都是一种负担。

<h1 style="text-align:center">04</h1>

幸运的是，和很多分开了就再也没联系的情侣不一样，阿梅和张先生在大四那年冬天复合了。

那一次，阿梅的手被开水烫伤了，手背上一片红肿，还起了水泡。虽然及时到医务室处理了伤口，但她还是有些担心会留下疤痕。那时候她突然有些想念张先生，甚至在想，如果真的留疤了，他会不会嫌弃自己？可转念一想，都分手了，这与他有什么关系？

似乎是心有灵犀，烫伤的当天晚上，张先生就来南京了。当他毫无征兆地出现在阿梅面前时，阿梅惊喜之余又有些拉不下面子，毕竟是她提的分手，再见面还是会有些尴尬。张先生却像以前一样关切地问她是不是很疼，阿梅有些感动，其实她早该猜到他在她身边安排了"内线"。好几次她跟室友说自己缺什么东西后，就会收到相应的快递，虽然没有固定的寄件人信息，但她第一个想到的就是张先生。这次烫伤也一样，她嗔怪张先生浪费时间和钱，而张先生却说她在他心里的地位，远远超过了时间和钱。

到底还是深爱着彼此的两个人，那次烫伤虽然让阿梅留下了一个小小的疤痕，却让他们的感情回到了从前。

大学毕业那年，阿梅和张先生因为工作地点的事情再一次发生了分歧。张先生希望阿梅能和他一起待在北京，阿梅却想留在南京。两个人决定想清楚后再交换意见做决定，就在阿梅还在想干脆去北京的时候，张先生已经先她决定来南京。

阿梅一直觉得自己亏欠张先生太多，所以工作第二年，他俩就去了北京。北京的竞争压力大，机遇却也更多，加上张先生能力突出，又积累了一些资源，很快就在北京找准了自己的位置。

虽然后来的日子，他们偶尔也还是会争吵，但不管怎么吵怎么闹，两个人一直都没再分开。

05

两年前，我和初恋男友分手，那是我第一次那么用心喜欢一个人。我以为我们在一起就不会分开，当他真的离开时，我觉得自己的精神世界好像坍塌了。整整一个多月，我都跟失了魂似的。自尊心作祟，一直不敢跟别人说起。有一次实在没忍住给阿梅打电话，我问她："为什么我不能像你和你男朋友的感情一样，吵不散也赶不走呢？"

阿梅在电话里叹了口气，她说："你只要记住，真正爱你的人是舍不得离开你的，因为你会难过，他也会难过。既然两个人都不好过，为什么还要分开？狠心离开你的人，不管理由多么冠冕堂皇，都是不爱你的借口。一个已经不爱你的人，是不可能一直陪着你的……"

当时虽然觉得阿梅说得很有道理，却误以为只是情感鸡汤。直到后来从那段失败的感情中走出来，对前任不再爱也不再恨的时候，才真正领悟了阿梅的那番话。

想要维持一段美好的感情，陪伴是最基本，也是最重要的决定因素。

你留不住一颗已经不爱你的心，同样的，你也赶不走一个想要陪你走完余生的人。

阿梅和张先生交换戒指的时候，有人窃窃私语说羡慕阿梅找了一个优秀又多金的丈夫，我却清楚地知道，她只是嫁给了爱情。

你想结婚了，就娶我吧

柒先生 ♥ 文

01

喜欢一个人，如果他拒绝了你，你没有抱怨，但是你知道了保持距离。如果他有求于你，能帮就帮，不帮也无所谓，许多事分为尽心和尽力。但是，过往喜欢要打包带走，一码归一码。人生在世，要有原则，爱不爱，全都两清。

一年前，念念跟程北一起吃面，桌上是一碗小茴香打卤面，谁都没有先动筷子。念念笑着说："你想结婚了，就娶我吧！"

程北说："面一会儿凉了。"

念念低下头，吃着碗里的面，一筷子接着一筷子，没停歇。吃完面，他们在面馆门口分开，一转身，念念就哭了，因为面很烫，烫得她嘴上起了泡。原来一个人不喜欢你了，连等你的面凉下来的时间都没有。

后来，念念问我，嘴上起泡的时候，接吻是不是很疼？

爱情里最残忍，也最酷的一件事，不是放下，而是算了。

站在时间长河的对岸，看着落花有意流水无情，叹了一口气，跟自己说算了。因为累了，所以跟自己说算了，不纠结了，不纠缠了，不留恋了。你放不下，但你深知时间无情，才跟自己说算了，不跟自己较劲。

深爱过的人，怎么能说放下就放下呢？就算是筷子，放下前，仍想再夹一块肉呢。

02

念念这种姑娘，特别适合结婚，心细善良，可爱懂事。有一回帮她搬家，我们收拾好所有的东西搬到楼下，等搬家公司的车到了，念念给两位搬家师傅一人递了一瓶矿泉水，笑着说："麻烦了。"搬完所有的东西后，念念将整个房间打扫干净，把从花店买的花插在瓶子里，然后写了一张字条压在花瓶底下，上面写着：欢迎你来到新家。

这一切我跟程北都看在眼里。

收拾完东西，念念执意要请我跟程北一起吃饭。那是念念第一次遇见程北，我们选了她新租房楼下的面馆。

念念点了一碗茴香打卤面，程北很惊讶地看着她，笑着说："你也喜欢吃这个？"

那天吃完面回去的路上，我问程北："你吃面，从来都是面和汤分开的，怎么今天点了汤面？"

程北笑了笑。

面和汤分开，面很容易凉，吃起来速度比较快，这是程北以前的答案。现在他说："汤面吃的会久一些，可以多跟她待一会儿，多待一会儿就能多了解一点。"

我很惊讶，"你喜欢她？这只是第一面啊！"

程北说："喜欢一个人并不是用时间来衡量的，而是靠感觉。那些恋爱长跑十年八年的，本身并没有什么值得骄傲的。你愿不愿意娶一个姑娘，你心里最清楚，不用考虑十年八年那么久。让一个姑娘无休止地等下去，是一件很不爷们儿的事儿。"

我说："见第一面，就要娶人家，这很爷们儿？"

03

小茴香打卤面有三绝：排骨炖汤，茴香打卤，手擀成面。有心者会加一半卤蛋，盛一大白瓷碗，吃个底朝天儿，那才叫一个大写的爽字。对于喜欢小茴香的人来说，这一碗汤面，可以续命。

有天，程北打电话跟我说："请你吃面。"

我说："小气，我不吃。"

程北急了说："必须吃，先吃面，吃完面你想吃啥，随便点。"

我有点蒙，试探地问："什么意思？你中500万了？"

程北笑着说："差不多吧。"

我说："能不能来碗排骨面，只要排骨，不放面。"

小面馆里，碰到程北，他笑的那叫一个开心，他旁边坐着念念。我问念念："他也请你吃面？"

念念笑笑，点点头。

我坐下就跟程北说："发财了，你就好意思请我俩吃面，你抠不抠啊！"

程北说："先吃面，卤子不够的话，我给你单点一碗卤。"

我好奇地问："你先说吧。"

程北笑着举起了念念的手，十指相扣的那种，我一口面差点没噎着："你俩？"

程北跟念念一起笑着点头。

我回过头冲着厨房里的老板大声喊："老板，加两碗排骨面，只要排骨，不要面！"

我不知道该怎么帮他们庆祝，就觉得只有多吃，才能表达我此刻的心情。我问："什么时候的事儿？"

程北说："两碗面的事儿。"

04

念念跟程北分手以后，还是有吃小茴香打卤面的习惯。她闺蜜劝她说："这座城市这么多家面馆，你要一家一家吃下去吗？你永远也不可能碰到一个躲着你的人。你说说，你倒是说说，什么是小茴香打卤面？"

面上来，她闺蜜吃了一口，皱着眉说："这是什么味啊？"

念念笑着说："我是第一次吃这碗面，就喜欢上了点这碗面的人。那种味道好奇怪，他问我你也喜欢吃这个？其实，我喜欢他胜过那碗面。后来，他约了我一次，也是一家面馆，他们家的小茴香打卤面很地道。那天，我们的面都坨了，但是我觉得特别好吃，因为我们待在一起整整一个下午。"

闺蜜问她："怎么就分手了？"

念念说："开始是他决定的，分开也是他决定的，我觉得我就像是一碗孤独的面，连决定盖头的权利都没有。如果那天没有遇到他，我也许就点了自己最爱吃的排骨盖面。那天，他笑着跟我说，我三十了，特别想跟你结婚。可是后来，他跟他哥们一起喝酒，我听到他哭着说，我三十了，不想让一个姑娘陪我东山再起，我输得起，她赌不起。"

05

那天，念念冲过来，站在程北面前，一字一字很认真地说："我……赌……得……起。"

程北抬起头看了看她，笑了笑，扑通一声趴在了桌子上。我知道，他喝多了。

念念问我："程北到底怎么了？"

我想了一会儿，说："他怕成了你的负担。他跟朋友合伙投了一个项目，老板拿钱跑了，现在他欠了 200 万的债。他说娶你的那天，底气十足，现在，他都怕见到你。"

念念想了想，突然拿起桌上的啤酒瓶子，咕咚咕咚地灌了好几口，说："我觉得这不是我们分开的理由。你知道吗？第一次见面，我就喜欢他了，所以那天，我才毫不犹豫地点了小茴香打卤面。我想跟他在一起，我怕失去他，我们就像面和汤，可以分开，但是面坨了，汤凉了，还能好吃吗？我不怕一起还债，我很好养的，没有盖头的面，我也会吃得很香。"

趴在桌子上的程北突然呜呜地哭了起来。

念念晃着趴在桌子上的程北，一边哭着说："你要振作起来，你说了要娶我的，你是爷们儿，不能说话不算数。我就是那种傻姑娘，你拿一碗小茴香打卤面就能娶回家的傻姑娘，你要是把我弄丢了，你亏不亏啊！"

我跟念念说："你还年轻，应该有……"

我那句话还没有说完，念念就说："正因为我年轻，我爱得起，输得起，我愿意陪他经历这段黑暗的日子。如果连我都不愿意跟他一起站在黑暗里，他该有多无助啊！"

我拍了拍程北的肩膀，说："你真有福气！"

爱情里最残忍，也最酷的一件事，
不是放下，而是算了。

06

程北这小子，运气真好，半年后他的钱被追回来了一些。尽管他还有一些欠款，但是他从来没觉得有多苦，因为他已经跟念念在一起半年多了。

程北问念念："你有没有想过，你一辈子会砸在我手里。"

念念笑着说："想过。"

程北问："你怕过吗？"

念念突然不笑了，一脸严肃地说："说实话，怕过，很怕，你说过要娶我，我怕这句话成了空。结婚是一件很严肃的事儿，我答应你了，就是承诺一辈子我要陪着你。我不想连努力都没努力一下，就接受你的宣判。你说分手的那天，我特别害怕，就像被人丢在了车流不息的斑马线上。我知道红灯停绿灯行，但是没有人走上前来牵我的手。"

程北说："谢谢你。"

念念问："谢什么？"

程北握着念念的手，说："谢谢你没有放开手。"

念念说："就口头表达感谢？"

程北问："你想怎么谢？"

念念笑着说:"请我吃面,大碗的,多放卤子多放小茴香。"

那天,面上桌,程北喝了一口汤,笑着跟念念说:"告诉你一个秘密。"

念念很认真地看着他。

程北笑着说:"其实一开始,我不知道小茴香打卤面。我们第一次见面的时候,那天我光顾着看你,想跟你多聊一会儿,心里特别的紧张。我想给你留下深刻的印象,就随便点了菜单上的面,那是我第一次吃,觉得味道还不错。后来为了约你,我查遍了很多店的面,才请你吃的这个面。"

念念突然哈哈大笑起来。

程北有点诧异,问:"你笑什么?"

念念笑着说:"那天看你点了,我跟着点的。我以为你爱吃,那天我也是第一次吃。"

两个人望着面,哈哈大笑起来。原来爱情好奇怪,如果不是它,程北和念念怎么能知道这世上,原来有一种面叫作小茴香打卤面,那么好吃。

程北突然说:"你什么时候想结婚了,告诉我一声,我随时待命,准备娶你。"

念念笑了笑,温柔地说:"吃完这碗面吧!"

爱我少一点，但爱我久一点

陈衾衾 ♥ 文

01

"感情里你最怕什么？"

香气缭绕的奶茶店里，橙子突然抛给我这样一个正经的问题。

我喝了一大口奶茶，歪着脑袋想了一会儿说："冷淡吧。可以吵架，可以闹别扭，但是最怕日复一日的冷淡，就这么耗着。"

橙子的眼皮垂了下来，低下头："看吧，你也这么想。"

"怎么了？"我忙问她。

橙子这才告诉我，她和丁伟的感情出现了问题，她觉得丁伟不爱她了。以前天天腻在一起的两个人，现在却一天都打不了一个电话，和丁伟说话时他也总是不耐烦。

“也许……他真的忙呢？”我尝试着去开解橙子。

“可他以前再忙也会抽时间陪我……”说到这里，橙子开始啪嗒啪嗒地掉眼泪。

我有些手足无措，不知道该怎么去安慰橙子。我想说的是，这样的事其实很常见，橙子早点看清，反倒应该觉得庆幸。

爱一个人容易，长情却不易。大多数的爱情都会在柴米油盐中磨为平淡，转化为最无趣的日常。那时候还能陪在你身边的人，才是真正值得珍惜的人。

毕竟，爱情一开始，谁不是浪漫又贴心的呢？

02

刚开始热恋的时候，你们都以为遇见了地久天长。

他会在打游戏的时候接你电话，会在烈日下心甘情愿地等你一个小时，会风里雨里每天接你上下班，会在每一个纪念日用心准备一份惊喜给你，会因为你的一句想吃大半夜买好夜宵站在你家楼下等你，会在你生病时忙前忙后无微不至地照顾你，会努力赚钱把你心仪已久的口红、包包买给你……

可是后来时间一长，不知道为什么，你发现他变了。明明没有换工作的他变得越来越忙，借口越来越多，陪你的时间也越来越少。他从来没有提过分手，却默默地用冷暴力把你越推越远，日渐的冷漠与当初的甜蜜形成了鲜明的对比，曾说过的陪伴也不过成了虚无的誓言。

于是，故事的最后，你累了倦了，他也烦了厌了，你们心照不宣地退出彼此的世界，连一句再见都没有，就这样为故事画下了句点，太多太多这样的恋爱模式。

这样的感情经历得越多，我们也不免问自己，这真的是我们所需要的爱情吗？

我曾看过一部名为《巴黎小情书》的电影，具体情节早已忘记，可里面的经典台词至今仍让我记忆犹新——"爱我少一点，但爱我久一点。"如今想起来依然有飙泪的冲动，想来用在这个速食爱情的时代，这正是最真切的话语了吧。

如果爱情注定是一件昂贵的消耗品，那么请从一开始就不要太过用力，而是慢慢地给我最温柔的长情。

爱情与容颜无关，与年龄无关，

只要是对方站在那里，就可以跨越光阴的距离，

不惧容颜枯萎、岁月老去。

03

我有一个好朋友镜子，人长得漂亮，追求者不少，可是她却选择了其中最普通的康诚，大家都十分不解。其实作为镜子的闺蜜，只有我知道，她一定会选择康诚的。

她和康诚从小就认识，初中的时候康诚就喜欢镜子，到现在已经有七年。这期间喜欢镜子的男生来了又走，追求过一阵之后看镜子不允便很快放弃，只有康诚，这些年无论风风雨雨都一直陪在镜子的身边。这样长情的陪伴，镜子怎么会不被打动呢？

我曾经问奶奶："这么多年了，你还爱爷爷吗？"

奶奶笑着说："几十年了，早都没什么爱情可言了。"

话刚说完，七十多岁的奶奶就和爷爷手牵手去买菜了。

奶奶常跟我抱怨爷爷的不好，她说那个年代都是包办婚姻，她在结婚前从未见过爷爷。当十八岁的她在新婚当天第一次见到这个要与自己共度一生的人的时候，第一感觉就是一点也不帅。说完，奶奶脸上的褶子笑开了花。

他们的爱情似乎一直都是这样，取笑了一辈子对方，嫌弃了一辈子对方，却也陪伴了一辈子对方。

他们会一个人在织毛衣，另一个人坐在旁边乖乖地缠毛线；

他们会一个人变着法儿做好吃的，另一个人每次都很捧场地赞不绝口；他们会一个人打扮得漂漂亮亮，另一个人在旁边捧着相机卖力地拍照……

以前的我，总是沉迷于电影里那些爱得死去活来的爱情，现在却越来越感动于爷爷奶奶之间这种最温馨的陪伴。

即使他们从来不把"我爱你"挂在嘴边，但爱这个字却贯穿了他们的一生，成为直抵他们内心深处的永恒。这种爱情与容颜无关，与年龄无关，全然因为眼前这个人，全然因为心里的这颗真心，只要是对方站在那里，就可以跨越光阴的距离，不惧容颜枯萎、岁月老去。

喜欢是乍见之欢，而爱是久处不厌。大概就是这个道理了吧。

04

现在这个时代，书里和电影里都喜欢把爱情歌颂成无比高尚的东西，人们在一个又一个故事里爱得死去活来、轰轰烈烈。其实爱情哪有那么复杂，它就是逛街时想到你而买的裙子，就是吃饭时让给你我最爱吃的肉丸，就是旅行时拍给你最美的朝霞，就是熟睡时无意识地拥你入怀……

它不需要你站在楼下摆一大圈蜡烛，喊她的名字，大声地说我爱你，而是在十年后，你还能在情人节送给她她最爱吃的巧克力。

它是温柔，是守候，是漫长岁月里最长情的陪伴。就像王菲歌里唱的那样——等到风景都看透，也许你会陪我看细水长流。

如果可以的话，爱我少一点，但爱我久一点吧。不需要过多对白，也不需要过多纠缠，只要在这个纷扰、喧闹的世界背后，是你一直在陪着我就好。只因为，陪伴就是我眼中最长情的告白。

也许你会懂吧，也许你会懂呀。如果有一天，爱变成了像呼吸一样融进生命的事，那就是最令人欣慰的小确幸了吧。

接下来的日子，还是要拜托你，一直陪着我呀。让我们一起成为彼此平淡生活里最长情的存在吧。你说，好吗？

我的哆啦A梦叫大雄

顾一宸 ♥ 文

01

帕……老娘不干了！

在甩了色狼老板一耳光之后，我辞职了。

不，更准确的说法是，我失业了。我变成了一个没有收入，交不起房租、吃不起饭的大龄女青年。

我拨通了大雄的电话，电话在响了两声之后接通了。我说："喂！我失业了，一会儿去你家，你得做红烧狮子头来抚慰我受伤的心。"电话那头传来一声"好"。我接着说："对了，你收拾一下，给我腾一个房间，在找到下一份工作之前，我得在你那儿住一段时间。"电话那头又传来一声"好"。

大雄就是这样，无论我说什么，他都说"好"。我有时候甚至怀疑，我才是大雄，而他就是我的哆啦A梦，不管我想要什么，他都能从他的口袋里掏出来给我。

刚认识大雄那会儿，他就是这个样子，也不怎么说话，眼神清澈，笑容温暖。我说："我想玩一下你的小火车。"他用两只小手捧着，递到我面前说："好。"从那以后，我就赖上了大雄，去哪儿都要拉着他，从幼儿园一直拉到了小学、中学、大学，直到现在。

还没开门，红烧狮子头的香味就飘了出来，一个劲儿地往我的鼻孔里钻。我把钥匙插进去，扭动门锁。这把钥匙是大雄刚搬到这儿时硬塞给我的，我说："我拿你家钥匙干吗？"大雄憨憨地笑了笑说："你拿着吧，我这儿离你们公司近，你哪天累了，还能过来歇一歇，方便。"

大雄听到声音，从厨房里探出头来说："来了啊，你先在沙发上坐会儿，看看电视，马上就好。"我问："要不要我来搭把手？"大雄手一挥："不用，你坐着休息就好。"他总是这样，包揽一切活计，恨不得让我十指不沾阳春水。

我在沙发上坐下，视线扫过电视柜旁边的那个相框，里面放着我和大雄的合照。照片里的我笑得肆意张扬，大雄侧过脸看着我，笑得沉静温柔。那是在大三的暑假，我拉着他去爬黄山，在迎客松前，我们找了个旅客帮忙拍的。身后的迎客松伸展着枝叶，迎向天空，就像我打开了心扉，迎接他。

可惜，他这个傻瓜不知道，当时的我，也不知道。

02

"来，多吃点。"他夹了我最爱吃的红烧狮子头到我碗里。他的手指修长，手掌宽大，美中不足是手背上有一条狭长的疤痕，像一只狰狞的蜈蚣。

他手上会有这道伤疤，都是因为我。

那个时候，我刚从一段狼狈不堪的感情里脱身，沉浸在失恋的痛苦里无法自拔。对方是一名职场精英，大我八岁，高大英俊，成熟稳重，是我喜欢的类型。我几乎毫无抵抗力地就投入了他的怀抱，如同乳燕投林、游鱼归海。

我以为遇见了一世安稳，直到我在无意中得知他原来有妻有子，而我不过就是一个小三。也许，我连小三都算不上，他在我身上并无真心，只有欲望。见我青春靓丽、单纯天真，略施小计，几番套路就把我骗上了床。

我在宿舍里哭得昏天暗地，整日以泪洗面。课不去上了，饭也不去吃了。大雄给我打电话，叫我下楼。我说："我不去。"他说："快点，我站外面可冷了。"我穿着睡衣，顶着蓬松散乱的头发，走到他面前。他把一个保温饭盒往我怀里一塞，说："好了，回去吧，趁热吃。"

我回去打开饭盒，温热的红枣桂圆粥散发着热气，淡香氤氲，入鼻都是寻常的烟火味道。吃着吃着，我的眼泪又忍不住扑簌簌掉了下来。叮一声，手机响了，是他的短信进来了。他说："别怕，有我在，我都在呢。"

再见到他，就是在校医院了。他的脸肿着，手上裹着纱布。我去看他，他从病床上坐起身来，朝我笑了笑，笑得可难看了。我的眼眶霎时红了。他慌了，赶紧说："苏苏，你别看我裹得严实，其实都只是皮外伤，那孙子比我更惨，我下手可一点没留情。"我问他："你去找他了？"大雄说："那可不，敢欺负你，我还不得可劲揍这孙子？"

我心里终究是不舍的，我又问："你把他怎么样了？他伤得重不重？"话一出口，我就后悔了。果然，大雄眼里的光芒黯淡下来，在诡异的安静里，我仿佛听到了轻微的碎裂声。声音的来源是大雄的胸腔，好像有什么东西，在我没看到的地方，破碎了。

大雄沉默良久，平静地说："嗯，他没事，有你这么担心他，他的运气真的很好。"我嗫嚅着说："对不起。"大雄抬起头，看向我说："你永远不用对我说对不起，永远不用。"

后来，大雄伤好出院了，只是手背上留下了一道蜿蜒的伤疤。再后来，我终于从失恋的阴影里走了出来，只是，再看到大雄手背上的伤疤时，我心里还是会很难过，也会很温暖。

难过是因为，我曾经这么深、这么重地伤害过大雄；温暖则是因为，我终于知道，这世上，有人偷偷爱着我，以岁月，以沉默。

03

我知道大雄深爱着我，他也知道我知道，可他就是不说。他这个人啊，哪哪儿都好，就这点最讨厌——甭管心里爱得怎么翻江倒海，脸上依然是波澜不惊的模样。我就不明白了，一个大男人，说句我爱你有这么难吗？

我后来又谈了几段恋爱，每一段恋爱的时间都不长。霹雳雷霆地开始，悄无声息地结束，就像烟火，迅疾燃烧，刹那惊艳，而后永寂。

说不上来我到底是怎么想的，是为了气他，还是为了刺激他。那些男孩子都有点像他，有的是长得像，有的是性格像。可再像又有什么用，那些男孩子终究不是他。

我的心还是空落落的，宛如一座空城，左等右盼，还是等不来他达达的马蹄。

我不禁气恼起他来，这个榆木疙瘩，这个讨人厌的家伙，怎么就不能主动一点呢？难道非要我去倒追他不可？哼，我才不呢，我那么骄傲的一个人，怎么可能做出倒追这种事？

就这样，我们俩的姻缘就这么搁浅了。他明明时常陪伴在我左右，看着那么近，却又那么远。

04

吃完饭，他收起碗筷去洗碗，我一个人百无聊赖地盘腿坐在沙发上刷朋友圈。厨房里传来哗啦哗啦的水声，像是一个孩子在扯着嗓子歌唱，声音清冽纯粹。

我突然就想赖在这里不走了。以前，我也来蹭住过一段时间，但都不长，没多久我找到新房子，就搬走了。可这一次，我想赖在这里安心住着，住很久，一辈子那么久；住很长，一辈子那么长。

因为，这里有他，这里就有了家的味道。

我终于知道，

这世上，有人偷偷爱着我，

以岁月，以沉默。

我的手指摩挲过包里的那枚戒指，它上边有一颗很小的钻石，美丽又坚硬。这枚戒指是我去年光棍节的时候买的，他给我发来消息"节日快乐"，我骂了一句"快乐你大爷"，就出门逛珠宝店，买了这枚钻戒。

我当时心里想的是，大雄你个笨蛋，你赢了，你死活不表白是吧，那老娘向你求婚可以了吧？反正不管我跟你说什么，你的回答都是"好"。可戒指买回来了，再见到他，我就怂了，表白的话，怎么也说不出口。

这次过来，我什么也没带，就带了这枚戒指。

我不想再等了，我已经等了好几年了，而他也陪了我很多年了。从我5岁到28岁，他已经陪伴了我23年。一个女人的一生，有多少个23年？尤其是女人最美好的青春，更是短暂易逝。再不和他痛快淋漓地相爱，我就老了。

他从厨房出来了。我在心里犹豫着要不要叫他过来。正犹豫着，他就走进了卧室。我低着头，假装看手机，心里天人交战，犹豫不决。

他过来了，脚步声越来越近。我到底要不要说？他停在我面前了。老娘豁出去了！我毅然决然地抬起头，却一下子磕在了他下巴上，我俩都疼得直掉眼泪。

我生气地打了他一下："你干吗，干吗突然靠那么近？"他靠过来，温柔地给我揉着头，指腹划过我的头皮，带来细腻的触感。揉了一会儿，他蹲下来，叫我："苏苏。"我"嗯"了一声。他又叫了一遍："苏苏。"我应了他一声"哎"。他弯曲膝盖，改为半跪在地，从兜里掏出一枚戒指，问我："苏苏，嫁给我，好不好？"

听到这句话，我的眼泪宛如江河决堤。他慌了，问我："是不是刚才撞疼你了？还疼吗？"我点了点头，又拼命摇头。

他接着说："你知道我这个人比较笨，之前也想过向你求婚要浪漫一点。可还没等我准备好浪漫的求婚仪式，刚才看见你吃饭的时候狼吞虎咽的样子，既可爱又美好，我一下子没忍住，就这么着急忙慌地求婚了，你不会怪我太草率吧？"

我把脸偏向一边，嘬着嘴说："我当然要怪你了，你这个讨人厌的家伙！"他听我这么一说，顿时变得手足无措，想要解释，又找不到合适的话，脸上尽是急切的神色。

我把手伸向他，抿着嘴偷笑了一下说："喏，给我戴上吧，你个笨蛋，早干吗去了，害我等了你那么久！"

Chapter *2*

愿得一人心，
白首不相离

　　真正的陪伴，应该是两个人彼此理解，互相尊重，不缠绕，不牵绊，不占有，然后相伴走过一段漫长的旅程。

爱情里最遗憾的事

巫小诗 ● 文

01

奶奶 17 岁那年，经人介绍认识了爷爷。爷爷对奶奶一见钟情，头一回去奶奶家，就厚脸皮地主动留下来吃饭。

那天中午家人刚好不在，奶奶是家中的小女儿，从没做过饭，她说："我不会做饭。"想借此打发爷爷走。爷爷继续厚着脸皮说："你随便弄点，你做啥我都吃。"

于是，奶奶拿前一天剩下的红薯丝和米饭，给爷爷做了个炒饭。饭炒煳了，又黑又硬，像一团锅巴，用现在的话说，就是一份"黑暗料理"。爷爷居然傻呵呵地把它吃了个精光。奶奶笑了，他们的事儿也就这样成了。

奶奶嫁进门后，仍旧不会做饭，不是懒，而是厨艺不错的爷爷把做饭的事全给揽下来了。奶奶专心当她的人民教师，穿裙子，梳辫子，在本子上抄歌词，教爷爷听不懂的"洋鬼子"英语，两手不沾阳春水，像一个已婚少女。

现在的奶奶，写一手秀气字，绣一手漂亮花，唯独不会做饭。对于一个优秀的文艺老太来说，这似乎有点美中不足。但一个女人，能够一辈子都不会做饭，该是多么让人羡慕的福气。

02

奶奶的抽屉里保存着一条老旧的手表带，那是她跟爷爷的小秘密。在他们那个年代，手表可是大物件，一般家庭没有。有一年，爷爷得了单位的先进，听说会奖励一只手表，可把他乐坏了。因为他知道，奶奶一直想要一只。

回家之后，爷爷把这个喜讯告诉了奶奶。奶奶很开心，转念想想又补充道："你奖励的那只，肯定是男式手表，能不能跟单位说说，换一只女式的？"爷爷说应该没问题。

到单位提起这个事，同事说，这批先进名单里，刚好没有女同志，所以全部都是男式手表，换不了。爷爷懊恼之际，同事给他出了个主意，让他去买一条女式的手表带，表头一换就可以了。手表带跟手表比起来，可是便宜不少呢。

这确实是个好主意，心急的爷爷，当天就去商店挑了一条女式手表带，花了他不少钱。接下来就等上头把那只手表发下来了。

发手表那天，爷爷蒙了，那款手表并不是平常见的通俗款式，表头和表带是一体的，无法拆卸。这下表带白买了。爷爷只好把那"一只半"手表带回家，跟奶奶道歉，请奶奶勉强收下那块男式手表。

看到犯了错小孩般的爷爷，奶奶扑哧一声笑了。她拿来针线，把没有表头的那条女式手表带连接好，戴到自己手上，然后转了个方向，让空出的表头的位置朝下。她伸出手对爷爷说："喏，你看，这样咱们两个人都有手表了。"

奶奶跟我讲起这个故事时，忍不住笑道："后来还真有人问我时间，我只好装糊涂地抬手看表说，哎呀！我的表头不见了！"逗得我也咯咯地笑。

再相爱的两个人，

也终究无法陪伴彼此一辈子，

这真是爱情里最遗憾的事情。

03

我曾经很严肃地问过我爸："爷爷年轻的时候，是不是混过黑社会？"因为爷爷有两颗金属门牙，我不太清楚那是什么金属，总之是银色的。这两颗金属门牙让爷爷看起来有些凶悍，我儿时的玩伴就曾因为我爷爷在家而拒绝上门找我玩耍。

我爸说："你爷爷摔掉门牙这事儿，按理来说，得怪我。"

奶奶生爸爸的那晚，没有什么前兆，爷爷正好因为工作在单位过夜。听人捎信说奶奶生了，爷爷摸着夜路就往家里奔，因为走得太快没看清路，一头栽进河沟里，当场就磕掉了两颗门牙。

爷爷也没空顾及那么多，捂着嘴巴就接着赶回家了。回到家，奶奶已经睡了，满口是血的爷爷顾不上擦洗，抱起胖乎乎的我爸看了又看，又哭又笑，开心得不行。

声响吵醒了奶奶，刚生完孩子不久的奶奶，迷迷糊糊地看见一个满口是血的人抱着爸爸，似乎正要举到嘴边。奶奶大喊："可不能吃啊！来人啊，有人吃孩子啊！"

爷爷叫着奶奶的名字，连说几句"是我啊！是我啊！……"，才让奶奶彻底清醒。奶奶看到没了门牙的爷爷，心疼坏了。爷爷掂量着八斤多沉甸甸的我爸，也心疼坏了奶奶。

后来爷爷去补了牙，大概是因为那时候技术有限吧，补了两颗金属的，看起来凶凶的牙。那次以后，爷爷咀嚼起食物来，都变得不那么方便了，好像提前迈入了老年。

04

一晃啊，曾经襁褓里胖乎乎的爷爷的儿子，成了如今成熟稳重的我爸。奶奶也从亭亭玉立的大辫子姑娘，变成如今满头白发的衰老模样。而爷爷，却停止了变老，他沉睡在那个温暖的午后。

爷爷走后，奶奶整个人暗淡了下来，像明亮的人生突然关掉一盏大灯。

爷爷是土葬，他平常随身携带的物品，都一并给他放在棺木中了，其中包括那个他使用得不利索的手机。

奶奶会在深夜睡不着时，拿出电话拨打爷爷生前的手机号码，听见电话那头传来"对不起，您拨打的电话已关机"，就像听到爷爷在跟她说晚安，她才安心睡去。

我让奶奶不要再打了，因为不久后电话会停机，号码会被人重新使用，对方接通的一刹那会把奶奶吓坏的。奶奶说："没关系，不会被人重新使用的，我给你爷爷充了好多好多话费。"

05

奶奶在公园散步的时候，被人抢了手里的小钱包。她回来哭，我们以为她是心疼钱，安慰她，那点钱不算什么，人没事就好。

她说："我不是心疼钱，我就是难过。我以前也在这个公园散步，从没碰到过坏人。现在他们看我没了老伴，觉得我好欺负……"

再相爱的两个人，也终究无法陪伴彼此一辈子，这真是爱情里最遗憾的事情。

爷爷陪伴了奶奶大半辈子，剩下的小半辈子，就由我们来陪吧。奶奶说，她余下的时光，都是通往爷爷的路途，多活一天开心，少走几步也开心。

你需要一个连你的废话都会回复的人

二毛 ♥ 文

01

之前看过一个关于张静初的文字采访。

在回答"心目中理想的爱情是什么样子"的时候，张静初表示目前自己也很茫然，但她曾经问过闺蜜这个问题，闺蜜的回答很有意思。

闺蜜说，好的感情中，两个人就像是最好的朋友一样，可以晚上蒙着被子在被窝里聊天，一直聊很久很久。

最开始，对于这种把陪聊天看得格外重要的感情，我忍不住心存怀疑。有节制，只讲重点的生活多轻松，我们为什么一定要不停地说一些老生常谈的废话来维持气氛呢？

后来渐渐明白，其实在爱情里，最幸福的时刻就是双方都深知自己在讲毫无营养的废话，彼此却没有人会觉得它无聊。

比如晚上窝在被窝里，想起琐碎往事里的一些插曲傻傻发笑，你应该想有个人能懂你的心情，能愉悦地和你互动吧？

偶尔孤独了，心里觉得委屈难过，你应该很想从别人的口中寻求些许安慰，不任由坏情绪作祟吧？

倘若他双耳不闻、漠不关心这些他认为是芝麻般大小的事，你眼中的期待化为了乌有，就难免要失望。

幸福是什么？不是沸腾，不是声嘶力竭地说爱你一万年，而是恬淡平静，陪你度过每一个平淡无奇的时刻。

讲话讲重点，追求很明确的生活固然省力气，但在充满变数和艰辛的生活里，我们总需要一处地方，可以包容自己的碎碎念和无所顾忌。

毕竟性和钱在当下的感情中都算不上什么稀罕物品，两个人相处，稀罕的是遇到了解。

如果一个人把你的每件小事都放在心上，清楚你的盔甲和软肋，陪你吃很多很多饭，说很多很多话，愿意用笑声摧毁你体内的孤独，愿意用回应告诉你他永远都在，这样的感情多令人妒忌啊。

人活着，可不就是为了找到一个在他面前能丢掉所有小心翼翼的人吗？

幸福是什么?

不是沸腾,不是声嘶力竭地说爱你一万年,

而是恬淡平静,

陪你度过每一个平淡无奇的时刻。

02

奶奶今年 72 岁了，印象中，她是个不折不扣的话痨。

奶奶家里用的还是老式烧柴炉灶，到了饭点，奶奶划燃火柴生火，烟囱里的炊烟缓缓升起，她便开始边做菜边唠嗑。各种话题都有，比如今天集市上的猪肉一斤涨了几块几毛钱，隔壁婶婶的孙子考了多少分，屋子后面池塘里的荷花盛开了，这回做菜是不是多放了一点盐……

厨房里的烟火味儿甚是浓厚，奶奶的碎言碎语更是让整间屋子显得热气腾腾。

每到这个时候，爷爷就会背着手在厨房绕来绕去，奶奶说的一些我们接不上来的话，爷爷都能一本正经地跟她交谈。哪怕是一些翻来覆去讲过一遍又一遍的老故事，爷爷回应起来都不带重样的。也不是什么甜言蜜语，就是一些毫无新意的家常，听起来却特别温暖。两个人你挨我，我挨你，口中的热气跟着呼吸频率跃动，不刺激，但足够。

就在前年，爷爷患了老年痴呆，有时候人都分不清谁是谁，以前的往事也只知一二。但他还是会像以前那样，陪着奶奶在厨房聊天闲扯。跟以前不同的是，奶奶现在说着说着就冒出一句，老头子啊，这件事你还记得吗？爷爷的神志远没以前清楚，但我相信，有些事他一定记在心底了。

不需要改变对方，依然前路一致，节奏相仿，可以搀扶同行，这就是爱呀。

03

有个朋友和她对象恋爱七年多了，在喜欢的人面前，不唠叨到地球爆炸、宇宙重启绝不停息。

买过的高跟鞋价格涨了，她欣喜地一路小跑到男生跟前称赞自己美貌之外的智慧。看电影情到深处，她一边抽纸巾擦眼泪，一边对男生重复好看好看。闺蜜约她逛街了，她疯狂纠结，一会儿说想去，一会儿又懒得下楼。

面对女友轮番的废话轰炸，男生的表现堪称完美。

——涨价了啊？遇见你这么个漂亮又聪慧的姑娘，我岂不是赚翻了。

——好看你也得悠着点哭，以后还有很多场电影要看呢。

——去就给你钱，不去就给你做肉吃。

七年间，话题的终结一直在朋友这方。朋友说，自己的一言一语都有人在乎，被人牵挂着，真好啊。

聊什么，不重要，重要的是你这个人，有没有把对方放在心上，在不在意对方的喜怒哀乐。真的，任何事情总会有尽头，只看彼此能把无聊的话题延迟多久。如果珍惜，不知不觉就是一辈子。

04

《大内密探零零发》里有一个甜到不行的剧情。周星驰下班回来，与妻子刘嘉玲的对话简单到极致，两人光是互喊"老公""老婆"，就乐此不疲地笑闹了好长时间。

他爱她，她爱他，两个人吃喝玩乐到天涯，想说啥就说啥。这样的感情多纯粹，这样的感情又多美好。

一个作家曾经说过，爱情的附属品就是废话。吃了吗？在哪儿啊？是这些看似微不足道的对话，让爱情变得幸福完满。在干吗？开心吗？是这些无限重复的问候，让心房温暖得不像话。所以，生活那么长，找一个彼此沉默时不感到尴尬，互相说废话时不感到累赘的伴侣，很重要。

愿你永不孤独，天南海北有人陪你走；愿你有人理解，不舍得让你多等一秒钟；愿你找到一个连你的废话都会回复的人，给你足够的关怀；愿你爱的人，也爱你。

最好的爱情，
是平淡日子里的相濡以沫

潘小潘　♥　文

01

周五晚上，我在城北的书店买书，刚好碰上一个知识讲座，讲座刚开始，来听课的学生逐一上台自我介绍。

有一个有趣的小插曲，在一个文静的姑娘上台介绍完自己后，台下不知是谁起哄，让坐在姑娘边上的一个男士也上台自我介绍，男士腼腆地上台自然地接过姑娘手中的话筒。我注意到从他上台开始，温柔的眼神便一直牢牢地黏在姑娘身上。

"我叫肖白，我今天是陪老婆来听讲座的。"男士红着脸看着姑娘说。

台下的听众善意地笑起来。听边上的人说，这小两口一直是一起来听讲座的，男人上班的地方在城南，但是不管路途多远，他都会在有空的时候赶来陪着媳妇儿听讲座。

整个晚上，这个叫肖白的男人一直坐在那个姑娘身边，没有多余的语言，两人一直认真地听课，听到有意思的话题时默契地相顾微笑。

橘黄的灯光下，这对妇唱夫随的爱人仿若置身于一个纤尘不染的琉璃世界。

在《北京爱上西雅图》里，文佳佳在遇到弗兰克后才发现原来爱情是那么的简单：他是世界上最好的男人，他也许不会带我去坐游艇，吃法餐，但是他可以每天早晨都为我跑几条街，去买我最爱吃的豆浆油条。

陪伴与懂得比浪漫更重要，有你相伴的日子，即使平凡也浪漫。

02

1974 年，22 岁的三浦友和在拍摄格力高的电视广告时遇到了 15 岁的山口百惠，两人随即一起出演了电影《伊豆的舞女》，金童玉女的形象从此深入人心。

在之后的 6 年里，他们一起拍电视广告、电影和电视连续剧，一年之中有一半以上的时间都在一起。

三浦友和在书中回忆说："有人问我：'你在什么时候产生了恋爱的感觉？'这个问题可让我困惑了，连我自己也不知道；而当我发觉的时候，就已经变成了这样。"随后，三浦友和对山口百惠说："这样的关系再继续下去的话，那就结婚吧！"

当时正是山口百惠如日中天的时代。无论是唱歌还是演戏，她的才能正在全面绽放；对她的辉煌前程，谁都坚信不疑。在日本观众的心中，她已经被神化，成为当之无愧的全民偶像。

但是，在 1980 年日本武道馆演唱会上，山口百惠向数万热情歌迷道别。最后一曲终了，她留下白色的麦克风，施施然而去。同年 11 月，她与三浦友和举办了婚礼。

三浦友和至今仍活跃在日本影视圈，山口百惠则从此变身三浦背后的女人。

三十多年来，三浦和百惠一直是日本民众心目中的"理想名人夫妇"，出轨、不和、离婚等传闻基本上与夫妇二人绝缘。

婚后三十多年，也一直都有"狗仔队"在他们家附近蹲守，但始终都没拍到一条抓人眼球的八卦新闻。

他们看到的只是一对再普通不过的夫妇，过着平淡却温馨的日子——每天一起打扫卫生，一起去倒垃圾，一起到超市购物。

他们就跟最普通的日本家庭生活一样，共同抚养孩子，偶尔旅行。山口百惠在 15 年的时间里，坚持每天五点半起床为两个孩子做便当，还要准备一家人的早饭。

三浦友和无论多忙，都争取回家吃饭；如果不能回去，一定会发短信告诉她。他认为"要不要回家吃饭，这对做饭和等你回家吃饭的人来说，是非常重要的事情。"

他知道，这个世界上，请你吃一顿饭的人很多，但每天给你做饭，陪你洗碗的人却只有一个。

后来，有记者问他："如果有来世，还会不会选择山口百惠？"

三浦当即爽快地回答："当然会！"

他和她的爱情，都藏在那一日又一日柴米油盐的陪伴和那一年又一年的"在一起"里。

来得热烈，未必守得长久；爱得平淡，未必无情无义。

我想，这个世界上，最好的爱情，不是轰轰烈烈的誓言，不是风花雪月的浪漫，而是实实在在的陪伴。

真正的陪伴，应该是两个人彼此理解，
互相尊重，不缠绕，不牵绊，不占有，
然后相伴走过一段漫长的旅程。

03

在香港的娱乐圈里也有这么一对夫妻。

帅气的影帝梁家辉时常在香港的大街小巷里，亲密地牵着身材严重变形的妻子，恩爱异常。

在梁家辉遭遇事业低谷摆地摊时，遇到了时任香港电台制作人的江嘉年。那时的江嘉年是标准的美人一个，梁家辉对她一见钟情。江嘉年非但没有嫌弃梁家辉，还陪他在夜市摆地摊，解囊帮他渡过难关，并在电台帮他找了份稳定工作。

1987 年，两人结为连理。

梁家辉成名后，对太太一心一意，从无绯闻传出。江嘉年则辞职专心做"影帝"背后的女人。

从 1992 年开始，梁家辉就被有黑社会背景的影视公司给盯上了。他们以恐吓、威逼的方式，强迫梁家辉拍一些他本人并不想接的影片。

1993 年，梁家辉带江嘉年在越南拍《情人》，其间突然被黑道押去菲律宾拍另一部片。他们用枪指着梁家辉的脑袋，命令梁家辉跟他们走，而江嘉年则被软禁在当地。

在这种危急的情况下，这个女人淡定自若，她打电话给梁家辉，安慰他不要害怕，也不要担心。

她聪明地说服了黑帮老大与她这个弱女子谈判，她那一句"我今天来了，就没打算活着出去，我不怕死……但我和家辉死，对你们也没有好处。"说服了黑帮老大。

重获自由的梁家辉回到香港，在机场，看见来接机的江嘉年，他一把抱住她，放声痛哭……

这是他唯一一次在公众场合如此失态。

从那一刻，梁家辉就发誓，他一辈子都要珍视怀里的这个女人，一辈子都要让她和女儿过好日子。任何时候，绝不放开太太的手！

后来，由于生了一场病，江嘉年要吃带有激素的药，身材严重变形，再无美貌，但梁家辉依然每次逛街都拉着太太的手，依旧带她去看两人最爱的球队比赛，还是一起手牵着手去菜市场买菜，从来不在乎别人说什么。

不因为你穷而嫌弃你，不因为你老而离弃你，不因为你身材走样而背弃你。婚后的几十年里，这个男人每一次看向妻子的眼睛里，满满的都是浓浓的爱意。

有人说，一对恋人头一两年拉着手在街上走，那是热恋；之后的十年八年依然如此，那是感情深厚；但三十年之后依然牵着彼此的手压马路，那才是真正的相濡以沫。

梁家辉和江嘉年的爱情，便是真正的相濡以沫了。

男女之间最美的语言不是"我爱你"，而是，我想一直和你在一起，吃很多餐饭，一起洗很多的碗。

我想，世间最幸福的婚姻，大概就是梁家辉和江嘉年这样子的吧。

04

人们都会以为来日方长，什么都有机会，其实人生是不断地在做减法，见一面便少一面。陪伴不是时间概念，而是有血有肉、有温度的，它是爱的内容。

一辈子的爱，不是轰轰烈烈，而是细水长流。越平凡的陪伴，越默契的陪伴，就越长久。

有人说，女人能给予男人最温暖的眼神是：我懂；而男人说给女人最动听的情话是：我在。

作家耀一说："陪伴是最长情的告白。"

真正的陪伴，应该是两个人彼此理解，互相尊重，不缠绕，不牵绊，不占有，然后相伴走过一段漫长的旅程。

世界上最爱你的人，一定是肯一直花时间陪伴你的人；而你陪着我的时候，我从不会羡慕任何人。

谢谢你，愿意读我的故事

叶倾城 ♥ 文

　　如果就在此刻，电话响起，通知你噩耗：你的妻子罹患了进行性恶性肿瘤，癌细胞已经扩散到小肠与腹膜，她很可能只剩下不到一年的寿命，能活的概率为零。

　　那一年你已经63岁，与妻子是高中同学，断断续续交往到大学毕业后，结为伉俪。新婚的你们，住过敝旧漏雨的宿舍，早上一觉醒来，妻子发现最喜欢的外套衬里已被咬得破破烂烂。后来你开始文学创作，每夜只要你摊开稿纸，不管什么时候，妻子都会起身为你泡茶，准备点心。你决意辞去公司职务，专心写作，而当时妻子生了女儿，也刚刚离职。一家三口的开销，全靠离职金及失业保险在支撑，但妻子对你的决定只是点点头。你终于成为专职作家，妻子对你写的书不太感兴趣，却一直帮你寄送原稿、出席典礼、料理税单，且乐在其中。

你们有过那么多美好回忆。都爱远行，只要一有空闲时间，就会出门享受搭乘火车、汽车的乐趣。到目的地之后，一边欣赏风景，一边随意漫步，然后找个舒适的地方坐下来聊天。你们第一次去巴黎的时候，就曾在圣母院门前的广场上坐了三个小时，只呆呆望着抛纸飞机的小孩与谈话的人群。你们还经常一起前往酒吧喝酒，趁年轻，还能大喝特喝，你们喝了一瓶又一瓶，直到黎明时分才回家；或者就在家里，一到晚上九十点，就开始喝酒谈天。

老了，老了，快 60 岁那年，你不经意间跟妻子说："听说经常动手动脑的人，不容易老年痴呆。"于是你们去了一家围棋教室，同窗学棋，以对局为乐，出门旅行时，也会带着棋盘。

而现在，天命难违，生死迫在眉睫，有没有什么事情，是你能够为妻子做的？

这是日本作家眉村卓曾苦苦思索的问题。

眉村卓，1934 年生，代表作《消灭的光轮》曾获得 1979 年泉镜花文学奖与日本星云奖（注："星云奖"系日本科幻小说的最高奖项），1996 年再度以《退潮之时》获得日本长编（即长篇）部门星云奖。但荣誉之外，成就之外，他不过一介书生，当时能想到的唯一一件事，就是每天写一则短故事供妻子阅读。据说文字能够感天动地，他不敢抱此奢望，只是他听说过，癌症患者如果能保持心情愉快，时常笑容满面，身体的免疫力也会加强。那么，就为妻子写些有意思的故事吧，赚不到稿费也无所谓。

在妻子发病手术一个多月后的 1997 年 7 月 16 日，眉村卓开始写第一篇故事。虽然每天的写作时间非常有限，读者只有妻子一人，他却没有敷衍了事，给自己立下了规则：每篇故事都要写满三张以上 400 字的稿纸（事实上，最后成文的平均长度大概是六张稿纸），只写故事，不写散文，每一篇都保持能出版的水准。

写了三个月之后，妻子说："如果累，就停下来吧，没关系。"眉村卓答："这就像在神前许愿求神保佑，要反复拜神一百次一样，是一个道理。"当时他心里有一种感觉：若是中断写作，妻子的病情就会恶化。

他写的故事，有些原本期待让她开怀大笑，换来的却是略带苦涩的微笑；有些却让她脱口而出他没想到的观点，每当这时，眉村卓会猛然领悟：自己虽与妻子四十年伉俪，但对她的了解，并不像自己以为的那么深刻。

日子继续过下去，妻子定期去医院复查，他的故事也一直在写。妻子问他："这些故事都是你好不容易写出来的，难道卖不出去吗？"为了不让妻子心中不安，眉村卓决定有机会要将这些故事结集出版。

后来他精选了近 100 篇，出版了两本《每日一故事》，但销量并不佳。出版商说："你为病入膏肓的妻子每天写作的事，要多做宣传。"这不是利用妻子的病在炒作吗？眉村卓做不到。周刊打算采访他，他也婉拒。他所做的事可能会被看成爱妻美谈，也可能被当作刻意演给别人看的一场戏。

静寂盛开的花朵，总归会被人发现。媒体上关于每日一故事的报道越来越多。《产经新闻》的记者把此事比喻成"比睿山的千日回峰行"。这是日本佛教中最艰苦的修行，修行者在特定的时间内在山中快走巡拜，7 年内共走 1000 天，约 40000 公里，最后还要不眠不休连续念佛 9 天。眉村卓对妻子能否撑过 1000 天心存怀疑，但这个比喻让他高兴。

妻子的病情还算稳定，只是隔三岔五要回医院做手术。眉村卓又做了一个惊人决定：要将写下的所有故事，全部自费出版，送给所有一直关心着他们的人。就这样，命名为《日课·一日三张以上》的系列丛书面世，全日本开始分享他们的痛楚与感动。

一千多个故事里面，《变蝉》记录了与妻子曾经共度的盛夏艰难；《书斋》是回忆作为穷小子，他曾多想有个书斋；《听过就忘了吧》是淡淡的自嘲与自怜，对自己，也对没有机会老年痴呆的妻子；《读秒》里面，主人公耳际不断传来读秒声。

爱是忍耐、坚持、陪伴，

是一念起便坚若磐石，

是倾尽所有只为守护身边人。

他一边写，一边告诉自己：妻子的辞世还没有进入倒计时状态，现在这个阶段，我还可以每天确认她安好，继续过下去……

1999 年 3 月，眉村卓夫妻一起到松尾寺拜神。他两次要妻子在许愿签上写下"病气平愈"，但她充耳不闻，坚持写下"文运长久"。对丈夫的事业，她也许看得比生命更珍贵。

而倒计时一直在进行，只是他视而不见。刚开始，妻子还能外出，逐渐连在附近购物都做不到了，后来只能躺在床上看电视。每天，他往来医院，购买食物，并在一切以妻子的病为先的前提下，挤出时间来写一篇故事。

那是缓缓走下坡路的日常生活，如同陀螺倒下前，那静默中的回转。这是以一天一天为单位的日常——妻子的生命，只能以日计算了。

2002 年 4 月 15 日，是妻子最后一次入院。住了一段时间后，妻子突然问眉村卓："葬礼该怎么办？"身后事触手可及，"你不打算怎么行呢？"于是他去礼仪公司拿了本介绍手册，与妻子商定好了葬礼的举行地点。当时他说不出口，其实他还顺路去了书店，买了一本介绍葬礼以及相关手续的书。他把那本书藏了起来，直到妻子过世后才知道，女儿也偷藏了同一本书。

第二天，妻子说，还有一件事要拜托他。眉村卓是笔名，他的本名是村上卓儿，妻子叫村上悦子，如果葬礼上只写这个名字，她怕大家不知道是谁，能不能写成"作家眉村卓夫人·村上悦子"？妻子其实是很以当作家夫人为荣的。他答应了。

终于，妻子衰弱到无法用手拿着原稿自己阅读。眉村卓会在妻子状况较好的时候，朗读故事给她听。妻子陷入垂危的昏迷，女儿在病床边值守，几小时的空白时段，他去咖啡厅发呆，搁笔良久，想不出任何故事。脑海一片混乱，他索性就写下混乱，作为对妻子对自己的承诺——今天也写了。

他早已决定只写故事，不写散文，尤其不写与病患有关的事。那些内心的绝望与呐喊，情不自禁，化成俳句及歌咏。从起初的乐观，"痊愈吧，妻子，看初燕正嘈杂"；到中途平静的疲倦，"妻子二次入院，我住进医院。医院某处鸟鸣，风吹入，虫声唤醒明镜一面"；直到最后的绝望，"紫阳花啊，妻子确实地走向死亡"……

最后的时刻来临了。妻子的遗体就在楼下，眉村卓在二楼的书桌前，写下《最后一篇》："终于到了最后一篇故事。我一定给你添了不少麻烦吧。今天，我要用你现在可以阅读的方式来写。好看吗？谢谢你长久以来的照顾。下辈子，我们再一起度过吧。"明明大部分篇幅都是空白的，但为了把字写漂亮，眉村卓重写了好几次。

那是 2002 年 5 月 28 日凌晨，从第一次住院、动手术的

1997年6月12日算起，只差15天就满5年了。而《最后一篇》是第1778篇故事，同时也是最后的句点。这1778个不提爱意、不呼天抢地的故事，就是一个作家能给亲爱的人，最隆重的礼物，拼尽了一生的心力。

眉村卓对卡拉OK并不拿手，妻子却很喜欢唱歌，最爱的是《百万朵玫瑰》这一首。在妻子的葬礼上，不管是守灵还是告别仪式，全场一直流淌着《百万朵玫瑰》的旋律，仿佛妻子还活在人间。葬礼结束后，眉村卓在笔记本上写下："朝着夕阳，归途的彼方，妻子已不在。"

而他想对妻子说："谢谢你，愿意读我的故事。是读者支撑了作家的存在，是妻子令丈夫成形，是你与我，共同成全了这段爱。"

2011年，《写给妻子的1778篇故事》被搬上银幕，如狂潮席卷全日本，票房高居当年第三名，无数人在他们的悲欢里落下眼泪。眉村卓这个名字，从此不仅是科幻作家，也成了好丈夫的代名词。

爱，并不难，如果你把一刹那的心动，顷刻的相许当作爱。但如果爱是忍耐、坚持、陪伴，是一念起便坚若磐石，是倾尽所有只为守护身边人，是四十年的相依，是无数只为她写下的文字……你是否会默然低头，怀疑自己能否做到？

有时候我会想，地球之所以没有覆没，人类之所以没有灭亡，是因为我们有爱。有情人生生不息，爱情的不屈不挠总让人感动，甚至包括那从不绽笑颜的老天。老天爷也会叹口气说："是呀，人类无恶不作，毫无廉耻，如同毒蚁般令人心烦。但不时地，他们中有人能站在我面前说：'我爱过。'每一例真爱都是十字架，以此为所有不爱的人赎罪。所以，让他们全绝灭，好像还有点儿可惜。"

而我，但愿有机会，能在人生暮年，大声地、勇敢地说："我不理会你们的严苛定义，我知道我的情怀是破铜烂铁。我也许离经叛道，甚至惊世骇俗，但我的确爱过，也的确被爱过。我的泪、我的破涕为笑、我定的规则、我给的承诺，全是真诚的。"

只要你，用我能够阅读的方式书写，用我愿意接受的方式给予，用我想要聆听的方式诉说。

Chapter *3*

时光啊，
请温柔待她

　　我们耗尽前半生去追赶下一站的
风景，所以总是看不到，身后的那个
人，用尽后半生的时间，只为了追逐
一个你。

一辈子那么长，
能陪你的时间却那么短

Josie乔 ❤ 文

01

我妈最近又在催我谈男朋友了。对于这个每次一谈及就习惯性冷场的老话题，我都是能躲就躲，实在躲不过就跟她打马虎眼。

主要是因为五一参加了一个亲戚的婚礼，我妈立马坐不住了。"你看 ××× 只比你大两岁，就已经结婚了，年底估计孩子都有了。你呢？别说结婚，连个对象都没有，我的老脸往哪儿搁？"

我连忙顺着夸赞她一点儿也不老。我妈却很认真严肃地看着我说道："我都快五十岁的人了，也没指望你发大财，就希望你能早点找个靠谱的对象。"

不知道是不是因为天生对数字敏感，听到我妈说她快五十岁的时候，我内心突然有些触动。我妈二十四岁时生下我，二十多年过去，岁月已经在她脸上留下痕迹。

每次看到电视上和她年纪相仿的女明星，我妈总会在一旁啧啧称奇，并装作很后悔的样子，嚷着要好好保养已经长了皱纹的皮肤。可当我真说要给她买成套的护肤品时，她看到四位数的价格却责怪我败家。

我妈有时候会让我帮她拔白头发，每次看到那些混杂在黑头发里的白发时，我都不愿承认，我妈已经开始衰老了。

O2

我生活在一个单亲家庭。我爸在我十岁那年发生意外去世了，是我妈顶着巨大的生活压力把我养大的。所以在我妈的同龄人中，她一直活得比别人更辛苦。在我的印象中，她对自己一直都很苛刻，一年到头都很少买几件新衣服，化妆品也屈指可数。每次学校开家长会，我妈在那些精心打扮的"妈妈群里"都显得有些格格不入。

当时年少无知，有一次被一个同学问我妈为什么总是穿同一件衣服来开家长会，我第一次感到有些丢脸。我把这件事一字不落地说给了我妈听，我忘了她当时还说了些什么，只记得她说，那是她最贵的一件衣服。她的话让我自责了好长一段时间。

从那以后，我再也没有羡慕过别的同学有会打扮的妈妈。因为我知道，我有一个好妈妈，她不是不会打扮，是爱我胜过爱自己。

熬过最艰难的时期，家里情况终于慢慢好转，但我妈还是像以前一样劳累。工作上兢兢业业，生活中既是妈妈，也充当起了爸爸的角色。

我不知道一个人挑起一个家的担子有多重，只是那些年她一个人默默承受着生活施加给她的压力，却没有一句怨言的样子让我很心疼。

我一直不敢问她会不会很累，因为我害怕即使她说很累，我也不能在实质上帮到她什么。我能做的，只有做个懂事听话的好孩子。所以我的青春期真的很平淡，不曾有过什么波澜。

记得有人曾问我，假如有时光机可以回到过去，我会不会让自己的青春过得更热烈一些？这个问题的答案让我纠结了很久，但最终还是给了否定回答，不会。虽然有些遗憾自己的青春平淡如水，可至少没有让我妈太操心，这就够了。

余生很长，

记得多留些时间给这个世界上最亲的人，

他们辛苦养育我们一场，

值得最好的爱与回报。

03

我上大学后，离家远了。

刚入学那会儿，我妈常常给我打电话，这让我有些意外。平时在家，她很少跟别人煲电话粥，总是说打电话太浪费。她觉得很多话能不说就不说，实在要说的话最好当面说。没想到我刚走，她就变身话痨了。

仔细回想一下，我妈每次给我打电话好像都在重复那几个老话题，比如要锻炼身体才能保持健康，要和同学好好相处，没有生活费要跟她说，等等。她很少说起自己的近况，好几次我问她，她也总是一带而过。

大一那年夏天，我妈劳累过度，加上低血糖，上班的时候晕倒了。可她没有给我打电话，最后还是亲戚告诉我的。

我匆匆忙忙赶回家，她看到我回来有些吃惊。当我看到她瘦削的身子和越发苍白的脸，忍不住当着她的面哭了。

她骂我没出息，"又不是死了，你哭什么？"

她越是这样不把自己当回事，我越觉得难过。

在我没有足够的能力替她遮风挡雨的时候，很多关心都只能是嘴上说说而已，形式大于行动。每当这种时候我都觉得很无力。

高兴的是上大学后，我可以一边上学，一边找周末兼职和寒暑假工作，加上奖学金、助学金，以及后来写作挣的稿费，整个大学，我都没怎么向家里要钱。

我妈对于这一点颇为自豪，却也会因为我没能像其他同学一样好好享受大学生活而感到自责。她不知道，直到今天，我都很感谢那时候努力的自己，即使是因为生活所迫，可那些丰富的经历都是我人生当中不可多得的精神财富。

很多事情，你只有亲自体验过了才能领悟到其中的意义。

04

当我开始挣钱后，我原本以为人生会沿着理想的轨迹前行，可偏偏在我大二那年冬天出现了意外。

在我妈四十五岁生日前两天，八十多岁的外公去世了。

虽然生老病死是人生常态，可我妈还是经受了不小的打击。她是外公最小的女儿，从小就很受宠，即便后来出嫁了，外公外婆也很疼她。

我还记得外公去世那天，我妈给我打电话，一接通就听到她在哽咽，说："我爸去世了，以后再也没有依靠了。"

我妈平时都是跟我说"你外公"怎么怎么样，只有那次，她说的是"我爸"。那时候我才明白，人不管到了什么年纪，都还是会想依靠自己的父母。

那一天，我妈也和我一样，成为了没有爸爸的孩子。

长大其实是一瞬间的事情，在我妈跟我说她没有了依靠的那一刻起，我就在心里暗暗告诉自己，要努力成为她的依靠。

几年过去，我很庆幸自己已经能够为她遮风挡雨。

二十几岁的时候，我们总觉得一辈子还很长，可放到父母身上会沮丧地发现，我们真正能陪伴他们的时间其实并不多。不管时间怎么变化，作为子女，我们都不应该让父母老去的速度，超过自己成长的步伐。

余生很长，记得多留些时间给这个世界上最亲的人，他们辛苦养育我们一场，值得最好的爱与回报。

妈妈的十二封情书

夕里雪 ♥ 文

　　——此刻，你的身边有酒吗？有肉吗？如果有，那就好好坐下来，听我给你讲一个故事。

　　旭子在电话里说这些恶心话的时候，我在重庆。重庆是个好地方，滔滔长江横亘而过，让陡坡连缓坡的"山城"笼罩在一帘薄雾之中。在浓密相间的翠色植被掩映下，山路往复，曲径通幽，整个城市都透着一股浓浓的诗情画意，让你站在高处，忍不住想吟咏一番。

　　而间杂在韵味之中的，便是一股浓浓的火锅味。正如某部电影中所说：重庆的火锅店比街上的出租车还多。此刻我就坐在洪崖洞的一家火锅店里，看着眼前的九宫格大铁锅，里面密密匝匝的红辣椒翻滚沸腾，一股酥麻热辣扑面而来。

如果不是本应该坐在对面的那个人放了我的鸽子，此情此景，该有多么完美。

旭子不是个爱爽约的人，接了一个电话之后转身就跑的事他是第一次做。我虽然摆出一脸的通情达理，但心里依旧会有些埋怨。不过此刻听到这个木讷的人居然要给我讲故事，我决定暂时放下心里的埋怨，毕竟能让他违背约定，一定是个重要的故事。

好吧，我听。

这是旭子的故事，可却是个悲伤的故事。

把时间退回到2015年，故事的开头，旭子在上海。江南烟雨勾人情丝，他的艺术家老师突发奇想，要做一次横贯中国东西的"特殊"音乐采风——从上海到新疆阿勒泰，全程近4300公里，不带任何现代通信工具，随行的只有基本的录音和摄影设备。用老师的原话说，"这是一次传统文化对现代科技的挑战"。

旭子自是欣然随行，毕竟这对任何人来说都是一次既艰难又珍贵的挑战。他兴致勃勃地收拾行装，制订路线，直到进入火车站候车大厅，才想起要给家里打一个电话。

可是手机已经扔在上海的老师家了，他只好用公共电话拨通了妈妈的手机。

我对旭子的父母一直知之甚少，只知道他爸爸是教育工作者，妈妈是医生。也许是父母受教育程度比较高的缘故，旭子一直处于放养状态，随他的天性喜好成长。只要他不为非作歹，父母从不过多干涉。我几乎从未见过他与父母联系，好像他从离家读书开始，就一个人自由惯了，只有每年春节的时候，才会回一次家。

但这次毕竟不同寻常，可能会有大半年的时间与外界"失联"，他终究还是要提前和父母报一声平安。

电话那头的母亲和以往任何一次通话一样平静，只是在旭子讲述的间歇插进几声淡淡的"嗯"，直到最后旭子要挂电话的时候才说："你到了一个停留久的地方，可不可以给家里打一个电话？不用经常，只是想起来了，打一个就好。"

旭子听得出母亲平静背后的担忧，他无法拒绝，点头说好。

然后他背上行囊出发。从上海，沿长江西行过荆楚到达重庆，然后一路向北，翻过秦岭，越过黄河，沿河西走廊踏上西北的丝绸之路，出玉门关，过敦煌，进入塔克拉玛干沙漠，越过天山，进入准噶尔盆地，一直到阿尔泰山脚的边境城市阿勒泰。

每到一座城市整顿休息时，旭子都会如约给母亲打一个电话。"妈，我到重庆了。""妈，我在西安。""到兰州了。""在乌鲁木齐，刚下车。""到阿勒泰了，快回家了。"……十几个电话，有时兴奋，有时匆忙，有时疲惫，而母亲总是淡淡地"嗯"一声，随意地打听他的食宿，不动声色。

这就是故事的前半段，浩浩荡荡，气势磅礴，历时九个月的时间，跨越中国近十个省市，老师和旭子用异乎寻常的毅力完成了一次奇迹。在这个庞大的奇迹面前，有关母亲部分的记忆是那么的渺小，几乎可以说不存在。

故事的后半段被发现时，已经是 2016 年 4 月。因为一点小小的天灾，2016 年的春节旭子没能回家。想着爸爸的生日正好在中秋，心想干脆就等中秋节再回去好了。于是我们约了五一去重庆。谁知道我前脚刚订好票，这兔崽子后脚接了一个电话，转身跑了。

来电话的不是别人，是旭子的爸爸。

旭子的妈妈犯了心脏病，医院会诊后提出要做搭桥手术，因为手术存在风险，要求家属同意。签字笔放到旭子爸爸面前的时候，他忽然犹豫了，手中的笔拿起又放下。他抬起头对医生说："您等我打一个电话，毕竟她做事不听我的，我得听听另外一个人怎么说。"

作为与她相濡以沫十几年的丈夫，他深知妻子的心一直系在另外一个人身上，他半分夺不回来，却又不能争，不能抢。

因为这个人，是他们的儿子。

旭子用最快的速度赶回武汉，陪妈妈做完了手术。住院观察的几天里，有一天父亲单位临时有事，要旭子回家替妈妈拿换洗的衣服。十几年从不进父母房间的他，笨拙地翻箱倒柜，却在无意间发现了妈妈的秘密。

被尘封了小半年，有关那个故事后半段的秘密。

旭子发现了十二个快递包裹，寄往全国十二个不同的城市。按照时间顺序一字排开，刚好可以拼出他去年的路线图，收件地址和电话都是他无意间透露给母亲的住宿客栈，但收件人无一不是他的名字。

他坐在地上一一拆开包裹，寄出的内容形形色色，有抗生素，有腊肉干，还有冲锋衣……那个上午，他守着一地乱七八糟的什物，努力回想早已被抛诸脑后的与母亲的电话内容。

"妈，我到重庆了。没感冒，就是这边下雨了，有点咳嗽，没事。"

"妈，我在西安。这边的羊肉孜然太重了，吃不惯。"

"到兰州了，嗯，温差大，晚上特别冷。"

……

他一边回忆，一边想象着母亲如何不动声色地从他嘴里套出住宿信息，然后戴着老花镜上网查询地址和联系方式。

他兴致勃勃地和老师踏上一场文化朝圣之旅，却不知道母亲追在他的身后，用九个月的时间写下十二封漫长的情书。

我们总是在追逐一些东西，

十五六岁时追求爱情，

于是写日记，寄情书，奋不顾身；

十八九岁时追求自由，

于是说走就走，勇往直前。

有人说陪伴是最长情的告白。母亲的情书太短，短到没有起承转合，短到没有抬头落款，短到只剩下两个字，一笔一画地写在收件人栏里。

可惜旭子行色匆匆，来不及收到这绵长的情意。母亲的快递一件件寄出，又被一件件退回。

镇江，查无此人，退回。

重庆，查无此人，退回。

西安，电话错误，退回。

张掖，查无此人，退回。

……

他无法想象，母亲接到那一个个退回的包裹时，该是怎样的心情——仿佛一颗心全力地抛向他，却又被冷漠地轻轻送回。庆幸生活的安排，最终让他发现了这个秘密，让这个不懂事的大男孩，在那个阳光晴朗的午后，守着十二封沉甸甸的情书，哭得不能自已。

故事到这里告一段落，旭子在电话那头短暂地沉默下来。他问我在想什么，我擦了擦眼角的泪水，尽量不让他听出我哭过，说："我在想啊，你回家之后应该不用什么钱吧，你看我一个人在重庆，是吧……我记得你微信绑定了银行卡，可以转账的，别以为你讲个故事我就能原谅你放我鸽子这事。"

三言两语后挂了旭子的电话，我抬起头，凝望着眼前的长江。山城依旧美得令人沉醉，但此刻我竟然失去了停留的心情。我给妈妈打了个电话："妈，重庆的火锅太辣了，辣得我脑袋疼！这里天天下雨，一点都不好玩，我要回家，你给我包饺子，嗯，韭菜馅的……"

　　我们总是在追逐一些东西，十五六岁时追求爱情，于是写日记，寄情书，奋不顾身；十八九岁时追求自由，于是说走就走，勇往直前。我们耗尽前半生去追赶下一站的风景，所以总是看不到，身后的那个人，用尽后半生的时间，只为了追逐一个你。

　　沿途的美景虽然好，但是偶尔，也请你回头，给身后的那个人一次招手。

幸会，妈妈

张春 ♥ 文

01

我妈不是个普通的妈妈。

隔壁的蓉蓉吃饭很不乖，到处跑，她妈妈总是拿着碗和勺子跟着她，趁她不注意就塞一口，有时候也会气得打她。我家从来没有过这个问题。小时候，我有一次赌气不吃饭，我妈劝说无果，就收了碗筷，并把家里的食物全部藏了起来，从此我再没赌过气。我妈说这招她是跟我外婆学的，我外婆曾经饿过她两天，她眼都绿了。

小表侄的成长经历也可以印证我妈的非凡。他一到两岁在乡下长大，被当成心尖上的肉一样疼着。半夜哭闹，他外婆就开电视给他看。一个一岁的小孩，居然养成了半夜一点看电视的习惯，谁都拦不住。别人看他长得可爱，就来摸他头、捏他脸，他就仰着头骂脏话，大人们都丢脸丢崩溃了。

后来，他落入了我妈的魔掌，在他还只和桌子一样高的时候，有一回他又大哭大闹。我妈抓住他的手脚就把他扔到了屋外，关上了门，一次就治好了他任性的毛病。

我妈说："奇怪，他自己居然都记得，他还很来劲地说——还剩一只鞋子在屋里，也给我扔出来啦！"

我想讨论一下技术细节，问："要背朝下扔吗？怎么扔才能不受伤呢？"

我妈说："没有什么要注意的，扔出去就行了！"

我冒了一头汗："那扔坏了可怎么办？"

"坏了就算了。"

我又冒了一头汗，说："那么倔，哭坏了怎么办？"

我妈又说："又不是没整病过。"

于是我又听说了一件让我满头汗的事：小表侄的嗓子天生就不好，扁桃体特别容易发炎，偏偏特别喜欢吃辣椒，一吃就病，拦也拦不住。有一回家里买了特别辣的辣椒，大人吃一个都得喝冰水才受得了的辣椒，他一定要吃。我妈说，那你吃。他一口气吃了五个，然后辣得直伸舌头，两只手轮流捋。这一回病得厉害了，扁桃体发炎，又引起发烧，一下病了半个月。

我说："那姐和姐夫随你整他？"

她说："是啊，他们都看着呢，不作声。"

"那他们可真是太信任你了。"

我妈得意地说："我现在太会带小孩了。"

从那以后，小表侄一吃饭，就问："这个菜里有辣椒没有？少放一点辣椒啊！"也是从那一次以后，他再也没得过扁桃体炎。但我不禁又冒了一头汗，我妈可真是个暴君。

她说起她年轻时候的女友，都说"我们那些青年妇女"。伴随着这个称呼后面的故事，是愉快的团体劳动，是青年时代的往事，红润的脸，还有朗朗的笑声。

说她们去做清明，要经过挡路的小溪，一人扛起一块石头，扔进河滩涉水而过。说她们带着锄头，有说有笑地路过爷爷家门口的土路。我后来再去爷爷家，还是会看到那样的景象：一些"青年妇女"背着锄头或骑着自行车，大声说笑着路过中学对面的那个池塘。说佩珍阿姨年轻的时候有两条又粗又长的大辫子，跳皮筋时辫子上下翻飞。佩珍阿姨最会玩那些女孩的玩意儿，抓子、踢毽子、跳橡皮筋。

妈妈小时候就迷上了看小说，整天闷在书里，剥玉米这类活计她都不会。但妈妈会给她的朋友们讲书，哄一大帮人到家里来，听她讲书，不知不觉就帮她剥完了所有的玉米。

她年轻的时候是一名会计，在食品站工作。那个年代的屠夫看不起坐办公室的，男人看不起女人，双重歧视。我妈一个不服，就学会了杀猪。一个二十来岁的姑娘，穿着黑色的皮围裙，按倒一头猪，干脆利落地手起刀落，想想真是酷。后来我妈走到哪儿，那帮屠夫叔叔们就跟到哪，拜她当老大。后来我妈结婚生孩子，叔叔们也都很疼我。

她常哀叹为什么我长得这样弱不禁风。"我像你这么大的时候，一只手能拎半边猪。"她总是这样说。既杀猪，也去屠凳上卖肉。后来念书读到北京某百货商场有个全国模范售货员，卖糖果不用称，一抓就知道多重。我还想，这很稀奇吗？我妈下刀的时候就知道这一刀要割下多重的肉了。

她本职的业务也顶呱呱，到现在已经60多岁，对数字依旧非常敏感，家里每月的收支，都能心算精确到个位数。

02

我们小孩子吃手指，把手指甲都啃坏了。她就给我和哥哥的胸前吊了一粒甘草片。因为甘草比手指头好吃，所以我们就不吃手指头了。我 4 岁的时候，和其他小孩在楼顶追跑嬉闹，极度危险。妈妈看到也没有打骂我，而是买了个大西瓜，带我们站到楼顶，然后把西瓜扔了下去，边叫我看边说："你看，摔下去就是那个样子"。

我小时候身体不好，上了小学还会尿床尿裤子。妈妈怕我自卑，往床上泼了点水，说："你看，大人有时候也会尿床。"

还有一次，我早上去上学前在家看《哪吒闹海》，看到哪吒自杀的时候，我只好一边伤心地大哭，一边去上学。然后远远传来我妈的声音，她在后面边跑边喊："哪吒没有死，被他师父救活了，不要哭了！"她追了起码二百米。

我还不到 10 岁的时候，妈妈就叮嘱我，不要让男人和你太亲密，更不要让男人碰你。洗澡上厕所时，就算是爸爸和哥哥也不能看。小学四年级，一次我和另外两个小女孩看天上的飞机，追着它一直跑到了一个没有人的山头。一个 20 多岁的男人来和我们说话，然后挨个儿抱我们，说要看看我们有多重。我看到他抱起一个女孩，撩起了她的衣服，突然觉得不对，灵光一闪，大喊一声："我们快跑！"我们就这样跑掉了。很难想象如果妈妈没有早早地告诉我那些重要的东西，当时会发生什么事。

她缝袜子，发明了天衣无缝针法，从里面缝，用针把线横横竖竖，顺着袜子的纹路，硬是把线织成一块布，线头藏到看不见也摸不着的地方。不管多大的洞，补过以后不仅穿着不会硌脚，连看都不太看得出来。

在阳台上种东西，她觉得需要比较肥的土，就用肉皮、鸡蛋壳、烂菜叶等各种各样沤烂的东西，来分别制作她要的土。一尺高的一株茉莉，开出几百朵花数都数不清。一株茄子秧结八个大茄子，阳台上种的菜全家人都吃不完。后来去大院里开荒种菜，她觉得挑水麻烦，一个人敲敲打打，竟然自己在菜地里挖出了一口井。

我初中的时候第一次收到情书，非常忧心，试探地拿给妈妈看。妈妈仔细看完，然后喜滋滋地叠起来跟我说："青春真好，还有人写情书呢！"我后来听说很多女孩子不再对妈妈说心事，就是从第一封情书开始。而我却松了一口气，好像也没有什么事是不能和她说的了。

我们之间，也不都是美好时光。青春期叛逆时，我跟她争吵，说出混账的话："等我长大了，还了你们的钱，我就再也不欠你们了！"

她沉默良久，叹了口气，说："我们大人有时候也心情不好，你看《还珠格格》里的小燕子，她总是逗她皇阿玛高兴，你就不能也哄哄我吗？"

当时十几岁的我，拼尽全力准备跟妈妈大干一场，她却在盛怒之时，告诉我她的软弱，她需要我。那个不懂事的少女，终于意识到了一点自己该为成长负起的责任。

她曾经也很粗心，小时候上学，爸妈很少接送我，下雨也一样不接。但是家里的伞都是长柄的大黑伞，我个子矮，不喜欢带那种大伞，所以经常淋雨。过了十几年，我随便抱怨了一下这件事，她后来几次跟我说："那时候我怎么就那么蠢，不知道给你买把小伞呢？也是第一次做父母，你要原谅我们啊。"又一次回家，她给我买了把最轻便的小花伞，叠起来像根小棍子，这时我已经30岁了。

03

在我疯狂辗转于全国各地考美院的那些年，她曾经来北京看我。后来爸爸病倒了，妈妈去陪护，我却并不知道这些事。在我最后一次考试前后，也是爸爸大手术的时候，她不眠不休地陪护四十天后回来，竟然还胖了些。她说虽然没怎么睡觉，但是爸爸吃剩下的东西，不管是什么，她都搅一搅全部吃掉。受不了的时候，就自己跑到厕所里去哭一场。她说："要疯掉还不容易吗？我要是撒手疯了，还有谁能像这样照顾他？我两个孩子又怎么办？"

爸爸终究还是因为癌症去世了。她规定自己每天痛哭一个小时，剩下的时间就要振作起来。因为她的两个孩子都还小，她不能倒。

命运是猜想不透的。爸爸去世一年后，我刚考上大学，突然也卧床不起。我生病已经一个月了，但我不知道有多严重，一直跟她说没事没事。妈妈还是来了，等她推门走进我宿舍的时候，我已经躺在床上不能动了。

她一进门，我刚叫了声妈，就哭了。

她说莫哭莫哭，我说你先等一下，我还想再哭一会儿。

我不知道自己还能不能好，也许会瘫痪或者死掉。她就背着我，一家一家医院去看。

当时在北京看病太难了，中日友好医院里 80 多岁的老专家，半个月出诊一次。每次排队要排四五个小时。我连躺着都没有力气，还要坐在人山人海的地方候诊，妈妈的心应该已经被烧焦了吧。她摸着我因为打了很多针而布满瘀青的手轻轻说："不知道有没有那种神仙，能把你的病摘下来放我身上。"

病久久没有确诊，我除了不能走，连手指都没有力气了，喝水都握不住杯子。医生也没建议住院，现在想想，当时家里没钱可能也是个原因。爸爸才刚病逝一年，当时为了给爸爸看病已经卖掉了家里的一处房子。

那些日子，宿舍里有六个女生，我俩就睡在宿舍的小床上。上铺的女孩一米七六，上下床晃得很厉害。我又很疼，只在凌晨能睡一小会儿。妈妈为了让我睡好一点，总是蜷在最小的角落里，而且很早就起床，我到现在都不知道她到底几点起床的。

我的同学告诉我，看见妈妈在空旷的操场上独自痛哭。那是爸爸去世后的第一年，这个家庭还没从沉重的打击中恢复，又有不幸接踵而至。这一切又落到了妈妈的身上。若换个人做我妈妈，也许我们都活不下来。

在北京治疗三个月后，连医生都不怎么搭理我了，说住院也没有什么意义。我一步路也不能走，她就背着我，从北京跋涉两千公里，火车、小巴、大巴、三轮摩托车、板车，把我弄回了家。她到处寻访奇怪的方子和疗法，又把我背去各种奇怪的地方治疗。最后，她自己研究医书，研究疗法，自己试药开药，在自己身上试针，然后给我打针。她甚至琢磨出了一套按摩的手法，能准确地摸出我任何地方的疼痛，并说出疼痛的程度。

半年后，我站了起来，回到北京读书。

这是个什么样的女人啊！

愿我不虚此行，所有的期待都有回音；
更愿她承受的，疼痛的，爱着的我，
让她的生活更有意义。

04

有些事我后来知道了，有些事，可能我永远也不会知道。

有一年我写了两篇小说，是在一个挺糟糕的情况下写的。这些小说是个发泄，灰暗消极。十几年后，我妈妈突然提起那两篇小说。她说："当时我想，这孩子应该活不成了。"就停住，然后眼睛红了。

我又回忆了一下当时她看到的反应，她笑笑说："你们小艺术家啊，还是少写这种东西。"后来就再也没提过。

我还自以为是一个很敏感的人，当时觉得她也没怎么当回事。

她在觉得"这孩子大概活不成了"的心情下，说出那种话，是怎么做到的呢？我说话的时候她该怎么应对，沉默的时候她该怎么和我相处？她是不是不眠不休地留意着我的一举一动，在忍受着即将失去我的巨大恐慌中，仍然在工作、做饭、吃饭，保持健康和镇静。她是不是也做好了失去我的准备？在她的身躯里，心是不是已经碎成了渣？

我竟然让妈妈经受过那样的煎熬，忍了十年之后，终于在我面前红了一下眼睛。在那之前我没有写过小说，在那之后也不再写了。

有这样的榜样在前，善待生命的决定也越来越清晰。我只能说，愿我不虚此行，所有的期待都有回音；更愿她承受的，疼痛的，爱着的我，让她的生活更有意义。

05

妈妈渐渐老了，成了一个可爱的老人。

我总觉得她是个很有智慧很大气的女人，爸爸去世后她并没有沉溺于悲伤，使我更加彷徨，而是告诉我生命是自己的，不管遇到什么事情都要活得快快乐乐。她六十多了，还在忙来忙去，觉得自己还能做很多事情，还希望能为我们创造更好的条件。

有一回她跟我的好朋友提到，我从来不当着她的面为爸爸的去世哭，她很不放心。我有时会想，不知道她充实和快乐的样子，会不会是做给我看的。那一年我回家，破例起了个大早，发现她在阳台上对她养的鸡说话：你看看你，吃你自己的那些啊，干吗要抢它的啊。

我想自言自语的人心里是不是很孤寂。对于她的忙碌，我不敢心酸，怕辜负她的聪明和心意。

从小到大，她从来没有像很多妈妈那样，说她怀我的时候吃了多少苦、落下什么病之类的话。她总说我是她不惜一切代价一定要的宝贝。她轻巧地说："生命是瓜熟蒂落的事。"给了我很深切的安慰。我想也许我没有什么问题，也许我不是个麻烦，我只是太年轻，有些事情还没搞明白，也许我的孩子会快乐。

　　和妈妈分开的日子里，我常常想到她。种的薄荷也想她，只要妈妈在，它们就都卖力地发着新叶，很快就长成绿绿的一丛；妈妈一走，它们就在很短的时间内枯萎下去。我为它们翻土、浇水、施肥，希望它们恢复生机。做这样的事情时，每一步都好像听见妈妈就在旁边，叮嘱这个，叮嘱那个。好像我做这些也不是为了种薄荷，只是为了想一会儿妈妈。

　　今年 3 月，她到厦门来看我，我们去海边散步。妈妈说，她以前不是很会走路，现在因为腿脚没有以前好，反而领悟到一些事情，变得很会走路了。她说："要把手甩开，专心致志。不要突然快，也不要突然慢。好好地呼吸。要这样，一脚一脚地走，走多远也不会累。"

　　她平静地望着前方，步伐均匀，认真而仔细，显出协调而动人的姿态。我望着她，突然发觉自己涌出的热泪，不得不把头转向海的方向。

　　她一直喜欢看我写的文章。要出一本书了，我想对她说的话，想了很久终于想好。千言万语变成两个字：幸会。

今天晚上不吃你

鲁一凡 ♥ 文

很多年前，放学回家如果看到在弄堂里踱步的鸡，我就知道，我们家今晚要吃鸡了。

我妈一直告诫我要有礼貌，弄堂里看到人要叫。我生性腼腆，总是怯生生的，不过跟鸡打招呼我倒是很乐意。如果它没有睬我，我还会蹲下来瞅到它看我为止。我妈就站在旁边跟邻居聊天，正值夏天，她宽松的裤子在鸡旁边一晃一晃的，颜色同抖擞的鸡冠一模一样。

更小一点的时候跟我妈去过几次菜市场，老远就能闻到禽类的气味。那些被关在笼子里的鸡，还有鸽子，扑腾着两只翅膀挤来挤去，但是这并不是最难闻的。贩子的摊前摆着一大桶滚烫的开水，水蒸气和牲畜的味道混在一起，臭烘烘的扑面而来。开水桶冒着白气，旁边是四散的羽毛，湿漉漉地巴在地上。人来人往，这些羽毛就会粘在人的拖鞋下面，不知道被带到什么地方去。

这个时候，我还非得不识好歹地再问一句："妈妈……他们在干吗？"

"干吗？还不是让你这种人有鸽子吃！哎！今天这个青菜多少钱一斤？"

有时候为了省钱，我妈会自己动手杀鸡。不过年幼的我还不懂，问我妈为什么要自己动手，我妈就拎着那只死鸡看看我跟我爸："杀鸡儆猴啊。"

我跟我爸都属猴，我爸家里的亲戚十个里面有八个都属猴，就跟花果山似的。我曾天真地以为，我们属猴的身份一定特别高贵，要不怎么非得一整只活鸡孝敬不可。

杀鸡的时候不能让鸡死得痛快，得把血放干净了才行。我看得心里发慌，又忍不住盯着褐色的地面，暗红色的血水拐过阴沟，蔓延出像静脉一样的线条。我就盯着它们，很害怕它们朝我流过来。

有一回不知道发生了什么事，我妈当天没杀那只鸡。她把鸡抱到楼上，放在木桶里，盖上盖子，露出一条缝来。我装模作样做了一会儿功课，实在坐不住了，便走过去看它。我怕打开盖子它会跳蹿出来，就眯着眼睛往缝里瞧。那是一只不足为奇的鸡，褐红色的羽毛很丰满，看起来胀鼓鼓的，散发着一股臭味。我犹豫了一下还是掀开了盖子。那只鸡看看我，在桶里转了两圈，看起来非常淡定。

"你到底知不知道你明天要被杀掉了啊？"

我试探着去摸它的脖子，刚触碰到羽毛才担心起它会不会啄我，幸亏没有。它就任凭我摸，偶尔犯两声嘀咕。不知道它是不是更喜欢自己待着，时至今日，我也没办法再追究了。反正那个时候，我就盘腿坐下，开始跟它说起话来。我感觉它还是满喜欢我的，我说话它就听着，摸它也不躲，偶尔朝我看两眼。到了傍晚的时候，我已经跟这只鸡建立了深厚的革命友谊。但是我又不知道，能在它有限的生命里为它做什么。

第二天中午，我扭扭捏捏地靠近我妈。

"做什么？阴阳怪气的。"我妈瞥我一眼。

"妈妈，那只鸡能不能养着下蛋？"

"不能，等会儿我就准备杀掉了，下什么蛋。"

我喉咙一哽，蹬蹬蹬地跑到楼上。我觉得特别无颜面对它，油然生出黄鼠狼给鸡拜年的罪恶感。我把木桶抱在怀里，抚摸它的羽毛，摸了半天也不知道该说什么。它用嘴轻轻啄了我一下，我把它拢到我的身侧，轻声对它说："我保证今天晚上不会吃你。"然后我把它放回桶里，盖上盖子。

印象中我去看我妈杀它了，不知道为什么，这次我看得特别仔细。也可能我的记忆早就串路了，所有目睹过的杀鸡场景自动拼凑出了这段记忆。它的脑袋歪在一边，脚一抽一抽，血沿着脖子汩汩地流出来。我妈跟旁边的大妈说这只鸡特别好，晚上烧出来的汤果然橙黄油亮。

那么爱吃鸡的我真的一口都未动，连看一眼那锅汤都觉得很难过。

那以后呢？

是枝裕和在他的散文集里写过螃蟹，他说在海边看到一只雄螃蟹为了守护雌螃蟹的尸体，张牙舞爪地朝他进攻。次日清早他去海边，亲眼目睹这只雄螃蟹的身体和雌螃蟹的身体叠在一起，因此大为震撼。

"从那以后，我便吃不下螃蟹了——要是这么写的话，想必是个很棒的结尾。可惜不管在那之后还是以后，螃蟹都是我最爱的食物。请别见怪。"

对我来说，大概也是同样的心情吧。

回想起来，我没有抗议就接受了它的宿命，但是无论如何，绝对不可以吃朋友的肉——这样可笑的念头，明明也没有任何意义，现在回想起来竟还是觉得自己做得一点没错。

家里烧的汤我还有一次没吃的经验，现在回忆起来倒是很后悔。

大概还是读小学的时候，有天夜里一条蟒蛇爬进了家里，嵌在两个衣橱中间，是那种虎口粗的大蟒蛇。我爸妈吓坏了，直接把他们七岁的小女儿跟蛇单独关在一起，自己去警局求援了。我妈的解释是，当时没想那么多……两个警察勉为其难过来看了一眼那蛇，立马不干了，"你们熬一熬明天叫专业捕蛇队来吧。"

第二天早上我迷迷糊糊醒过来，听到我妈在打电话。当时听她的语气，还以为她抓了一只老鼠。我背起书包走下楼的时候，看到我妈站在水槽里不知道在做什么。她的头发挽在脑后，袖子卷得老高，碧玉手镯敲在水槽沿上，发出当当的清脆声响。

那个手镯是我妈结婚时候买的，那时候她还很瘦，抬起手的时候，手镯会滑到小臂。现在，手镯无论如何都拿不下来了，一根根手指也粗糙得跟萝卜一样。于是洗菜也好，洗衣服也好，那响亮的撞击声就回荡在空气里。那个镯子真的很小家碧玉，清透的淡翡翠像抹了奶油一样透着柔光。但是匪夷所思，无论多么粗重的动作，它都安然无恙。现在想想，可能是秉承了主人的脾性吧。

当时，我妈就在那手脚凌厉地扯着什么东西，脸上的表情跟平日里拣菜没什么区别。我往前一看，她正在剥蛇皮。

那天夜里他们可能还是不放心，既然谁也靠不住，干脆就自己来。睡得正香的我错过了这场年度杀蛇大戏，我爸妈拿着刀就把那大蛇给活活砍死了。这么想来，那条蛇也是十分的无辜。本着不能浪费资源的原则，家里熬了一锅醇厚无比的蛇汤，但是我胆子小，加上实在没尝过这种亲自捕捉的野味，愣是没敢吃，只勉强喝了几口汤。

别看我妈这个样子，年轻时候也算是个纤弱的美人。她倒不是五官很出众，只是长得都恰到好处，身段也好看，往那一站，就是她在老照片里的样子，把我都给看傻了。在她的身上，溢着一种少有的少女的青涩和柔弱，即使那张照片定格在母亲的四十岁。

在我的眼中，我妈一直是一个彪悍又泼辣的角色。我记得她唯一一次示弱还是在我刚上学的时候，她放在家里的钱被偷了。她当时就倚在那裂了几条缝的墙边，用墙上那个破旧的小电话给我姨妈打电话，刚拨通就哭出声来。紧接着，我姨妈的声音透过电话线在房间里炸开来："你哭什么哭！"我妈顿时眼泪就凝在脸上。

从那以后，我好像再也没见我妈哭过。等我长大以后她倒是老因为我哭，其实明明也没什么大事，明明都是最亲近的人，一说起话来就好像前世有几辈子仇一样。大概是因为她收到的回应是这样，从小我落泪得到的回应也都是"哭什么哭"。生活在看不见的时间里淌过，现在我也不会哭了。

我的乖僻是藏在骨子里的。不管看起来多么怯懦、羞赧、言听计从，从小它们发出的气息都掩盖不了我的执拗、傲慢、逆反的天性，别人看不出来，但是我妈太了解我了。可惜的是，哪怕一次她都从没有试过拥抱我，却用杀鸡一般的蛮力，要把我骨头里的刺生生地拔出来。这些生活里的摩擦如同我们身陷其中的一个巨大沼泽。我当然知道自己让母亲不断失望，却没有办法把脚从沉重的沙砾中抽离出来。自私点说，我甚至已经没有逃脱的欲望了。倒也不是没尝试过，但依然很快又会被沙砾覆盖，越陷越深。后来，我觉得怎样都无所谓了，有些事情，你自己心里明白，这一辈子就是办不到。

所以好像只有吃饭的时间才能把我们聚在一起，有的时候甚至有点像一个使命。但是小时候这大概是我一天中最神圣的时刻。我从小什么玩具都没有，衣服也都是表亲穿剩下来的，但是在吃的上面，从来没有被亏待过，我妈什么菜都能做出来。我呢，四五岁就能吃好几个蹄膀，鸡骨头剔得干干净净。我爸总是在桌子前说："吃下去的，最不亏了。"

我妈偶尔讲起我小时候，说我那时候特别可爱，烧一桌子假菜，往楼上张望，叫一声妈妈吃饭了，就乖乖坐在那里等。我爸还特意做了一个小拦门，正好到我胸口，我妈就只看到一个脑袋露在那边张望她。过一会儿她把真的菜做好了，我还会自己把东西收起来。

　　"你怎么变成现在这个样子？"

　　每次她这样说的时候我其实都特别理解她。不是她的错，也不是我的错。大概正因为是世间最爱，所以一点一滴都觉得受尽了委屈，所以在伤害对方这件事情上铆足了全力。她做过那么多让我怨恨的事，但是她一定也尝试着理解过我，尝试怎么驯服她那桀骜不驯的小女儿。在生活不客气的刁难里，她付出了别的母亲双倍的牺牲，却得到了一个这样的回报。她一定也希望有人做她的支撑，她等待了二十年，等来了一个这样的结局，一个脱离了她所有想象的轨迹、违背了她所有心意的怪女孩。有时候我看着她微微弓着背走出我房间的背影，我都很想问她，如果你能看得到今天，你还会把我生下来吗？妈妈，你后悔过吗？

　　有一次，我随便扒饭的时候，发现我妈做的炖蛋用的是鸭蛋。我没话找话，说了句："今天是鸭蛋啊。"

岁月的画面在我眼前铺陈开来，

伸出指尖，

仿佛就能触摸到母亲皮肤的温度。

"乡下亲戚送的，自己养的。"这样有一搭没一搭地说几句话，我妈倒是忽然想到什么事，告诉我她年轻的时候也养过鸭子。

"就在小时候我们住的地方吗？"

"对啊，那时候还有个阳台，就在你的写字台那个地方，我就把它养在那里。"

那只母鸭，我妈叫它鸭莉莉。这个称呼实在是有些可爱，其实倒没那么矫情，用方言很自然地就这么叫出来了。我十分地惊讶，我妈并不是很喜欢小动物，更别说竟然还是一只鸭子。说到这鸭莉莉，我妈那张阴晴不定的脸出了太阳。

"胖得要死，走路像小老太婆一样。我下班回来，老远叫一声，它就一迈一迈朝你跑过来，不要太好玩噢。"

鸭莉莉是外婆在本地乡下的表亲送的。本来是打算吃的，但是这鸭莉莉特别会下蛋，外婆不舍得把这么好的鸭子直接杀了吃，商量了一下干脆就养起来了。家里的人要么插队落户，要么嫁了人搬出去，照顾鸭莉莉就变成了我妈的任务。

打扫鸭窝，帮鸭莉莉洗澡，每天起床第一件事就是去看它有没有下蛋。

"一醒来就跑到阳台，从窝里拿出一个鸭蛋，特别特别开心。"

我妈这样说着，好像某个瞬间，少女的心境又重回到她的身上。要是一直把鸭莉莉关在阳台它也有些无聊，到下午四五点钟的时候，我妈就牵着鸭莉莉到楼下弄堂里玩。鸭莉莉就在弄堂里跑来跑去，在公用水槽边玩玩水。有的时候，我妈会盛一脸盆水让鸭莉莉在里面游泳，不过因为盆实在太小，鸭莉莉玩一会儿就要爬出来。相比之下，它还是觉得在弄堂里比较自由。

　　"鸭莉莉！"只要我妈的声音响起来，鸭莉莉立刻就把头抬起来，像一只骄傲的企鹅一样朝我妈慢吞吞地奔过去。我妈在弄堂里走，它就在我妈屁股后面跟着。

　　我妈说，也不知道为什么，鸭莉莉有一天被弄堂里的一个男人狠狠地踢了一脚，当场没死，但好像给踢蒙了。从那天开始，鸭莉莉就开始变得愣愣的，蛋也不怎么下了，过了几天眼神都不对了。我外婆一看，不好，撑不了几天了，只能忍痛把鸭莉莉给杀掉了。

　　"当时哭得一塌糊涂。"我妈说。

　　我能想象少女时代的母亲抱着鸭莉莉的样子。岁月的画面在我眼前铺陈开来，伸出指尖，仿佛就能触摸到母亲皮肤的温度。鸭莉莉一副很机灵的样子，偶尔徒劳地扑腾两下翅膀，摇头晃脑。它陪伴了我母亲曾经贫穷、单调的时光，融入她生命片刻中的一部分，我能感受到她伤心的模样。

你有没有吃鸭莉莉？我突然想问她这个问题，但是这显然多此一举。她大概愿意用一辈子吃鸭子的权利去换鸭莉莉吧。

在我放下碗筷的时候，我妈尖锐的声音又重新复苏，听得见碗砰砰当当扔在水槽里的声音。这个水槽已经不是十年前弄堂里的那个了。我回过头，就在那一瞬间，我好像看到了十年前在老房子里徒手打蟑螂，挥着臂膀刺啦一声剥蛇皮的母亲。在不远处，还有那个轻盈地从远处奔向鸭莉莉的瘦弱的她。

就只是那短短的一瞬间，不知道为什么，我差点掉下泪来。

Chapter *4*

那些年，未曾读懂的父爱

　　我直到而立之年才读懂二十年前父亲的深情厚意：那抑扬顿挫、一步一句的"诗和远方"是陪伴；那贯穿整个童年、少年时代，每一个父母在身边的日夜都是陪伴。

我终于不再恨父亲的那条狗了

狐尾百合 ♥ 文

我和狗毛毛认识整整十年了。十年，对一只狗而言，差不多是一个甲子；对父亲而言，是退休生活的全部时光；可对我而言，则是一场父女相爱相杀、渐行渐远的歧途。从最初的崇拜仰望，到后来的厌弃躲避，这条路我走了整整十年。所有的枝枝蔓蔓都被一只狗看在眼里，直到它的眼里，全都写满了故事。

父亲是典型的知识分子，却生在了对知识分子而言最坏的时代：十几岁正读书时，赶上文化大革命，小学刚毕业就被迫修水库，连本像样的书都找不到看；二十几岁正工作时，知识得不到重视，却因为读过几年小学，被安排去了偏远山区做民办教师，一个人负责全校六个年级二十多个孩子的全部课程，还要兼顾打铃、拾柴、挑水等杂活儿。

恢复高考后，80年代初，三十岁"高龄"的父亲，凭着借来的几本书，以文科几乎满分，数英几乎零分的成绩考入了华中师范大学中文系。三年后，当了十几年民办教师的父亲，终于名正言顺成为一名国家编制的高中语文老师。

记忆中的岁月总是停留在长满青葱野草的田间小路上，那时交通很不便利，回家乡小村庄的路泥泞又崎岖。没有公交车，没有的士，有的只是自己的双腿。金灿灿的夕阳将父亲的影子拉得清瘦而修长，而小小的我来不及喊累，只知道一个劲地问父亲："爸爸你说，到底是清华好还是北大好？"

那时候的父亲总是滔滔不绝，从清华园讲到未名湖，从华罗庚讲到朱自清……那些发生在遥远地方的人和事，因为陌生而显得格外迷人。幼小的我被父亲牵着手，走在乡间开满野花的崎岖山路上，却因那些微弱而美好的"诗和远方"，无端地觉得自己的未来一定特别不一样。

后来，我上了初中，父亲为了照顾我的生活和学习，费了好大劲，从好不容易进的省城高中调回到了乡镇中学。好多次，我都听到有人在背后议论父亲，说他傻，人家都是往高处调动，就他，只知道往家里缩。那一刻，我第一次为拥有这样的父亲感到难堪，父亲的光辉形象也第一次有了阴影。

再后来，我上大学，离开了家，见过些许世面，父亲在我心目中的形象越发暗淡了。我渐渐发现，父亲的知识没小时候那么渊博了，除了语文，我其他的课业他几乎完全不懂。而父亲的眼界，也不如幼时记忆中那样开阔了。

对父亲的否定，随着工作能力的提升和阅历的渐长而一发不可收拾。我曾高山仰止的父亲，终于在大浪淘沙中变成了固执而落伍的学究——知识库一直停留在二十年前，拒绝进取，抵制更新。而脾气也执拗、无理到完全无法沟通的地步。

父亲整天将自己关在书房里，与那些泛黄了的旧书为伴。而那间用旧书铺满了整面墙的书房，也由童年时乐此不疲的知识宝库，变成了避之不及的荒漠。

父亲的脾气彻底失控，是在他退休回家那一年。也是那一年，狗毛毛正式成为我们家的一员。那时候，毛毛刚出生半个月，毛茸茸的，浑身金黄，是个十足的小可爱。父亲正好58岁，因为身体原因提前回家休息，拿着不多不少的退休金，回到那个他18岁便离开的小村庄。

58岁的年纪虽已不再年轻，可不服输的心让父亲自愿挑头张罗起了家乡的修路工程。可是很明显，坐在教室和书桌前太久的他，真的不擅长与只关注蝇头小利的村民们打交道。那几个月，他操碎了心，累变了形，却还是遭到了无数人的排挤和怨怼。一整颗心都扑在修路上，说过的好话超过他这辈子说过的总和，发过的烟、提过的酒是他这辈子吃喝过的全部，可事情依旧没能做到圆满。

村民们因为修路要占用他家田地，拆除他家猪圈，挤到他家厕所，而拼了命地抵制着。甚至有人仅仅因为修路要挪动他家门前的一块石头，便大放厥词扬言要打我的父亲。

形销骨立的父亲倒贴了两个月的工资，强撑着将宽阔的水泥路修好后便大病了一场。病好之后，他的脾气变得越来越暴躁、孤僻。他开始整日和狗毛毛做伴，去哪里都带着他的狗，不和任何人亲近。

60岁正式办理退休手续时，父亲退休的待遇又出了问题。省优秀教师和省劳模的证书都没能换得当初承诺的津贴，坚持教书育人四十年的父亲，心彻底凉了，性格也因此更加古怪。

狗毛毛开始和父亲同吃同睡，一日三餐都必须毛毛优先，给狗吃的东西备齐了，剩下的人才能吃。狗毛毛几乎成了父亲唯一的精神寄托，凌驾于任何人之上。

然而，好景不长，年关时，毛毛感染了细小病毒。由于第一次养狗，没有经验，三天后当父亲意识到问题的严重性时，毛毛已经奄奄一息。年迈的父亲没有别的办法，只能抱着毛毛流眼泪，嘴里一直念叨着："我对不起毛毛，对不起毛毛。"

我直到而立之年才读懂二十年前父亲的深情厚意：

那抑扬顿挫、一步一句的"诗和远方"是陪伴；

那贯穿整个童年、少年时代，

每一个父母在身边的日夜都是陪伴。

我永远记得，坐高铁赶回家看到这一幕时心里的感受，用鲁迅先生的话就是："哀其不幸，怒其不争。"我满含怨气地抱起满身腥臭的毛毛，辗转两个小时终于在县城找到了一家宠物医院。说了半个小时好话，医生才答应死狗当活狗医。然后便是连续七天的步行，半小时汽车，一小时的往返路程。

在血清和吊瓶的作用下毛毛活过来了，父亲的脾气却越发不可捉摸了。他开始攻击身边的所有人，用他能想到的最恶毒的语言，除了他的狗。家人每天小心翼翼，如履薄冰，他却像一只苍老的刺猬，外人看来那么无力，却尖锐地刺痛着离他最近的亲人。

父亲变了，变得固执又懦弱，敏感又多疑。他逞强又蛮不讲理，他自卑又自大。他如同一台过时的机器一般，早已没了当年意气风发的神采。

我救了毛毛，却也恨透了毛毛。我恨它作为一条狗，却轻易凌驾于全家人之上；我恨它和父亲一样，古怪又暴躁，见人就咬，让我们家在村里成为社交绝缘体；我更恨它霸占着曾经那个温柔有力、博学多才的父亲，将他熬成了一个干枯偏执、暴戾古怪的刺猬。我甚至觉得，只要毛毛一死，那个鲜活明亮的父亲就能重新回来。

所以我开始盼着狗毛毛死，而且我知道，毛毛必须寿终正寝地死才能不刺激到脆弱多疑的父亲。可狗毛毛的运气很好，那次大病之后，它身强体壮，茁壮成长，一不小心长成了十岁的老狗毛毛。

百度上说，狗的平均寿命是 15 年，我时刻盼着老狗毛毛达不到平均值。直到有一天，离家太久的我风尘仆仆回家一趟，无意中看到冬日暖阳中老屋院落里正上演的一幕：

头发灰白的老父亲一个人坐在院中，一边给秋菊捉虫，一边看狗毛毛玩耍。秋菊在艳阳下开得正艳，狗毛毛在父亲脚边用早已不再矫健的步伐，追赶着自己的尾巴转圈圈。而父亲看向毛毛的眼神，温柔、宠溺又意味深长。和二十年前，父亲一边牵着我的手，一边讲着清华北大的辉煌校史一样。

那一刻，我突然热泪盈眶，泪水汹涌而出。

站在三十岁的门槛前，我终于用无数的误解和错误做代价，读懂了父亲这勤劳而艰辛的一生：

父亲在风华正茂的少年背井离乡，将满腔青春和热血献给了改革开放初期最贫瘠的教育事业。将近四十年的教书生涯，父亲迈过了无数个教室门槛，迈上过数不清的三尺讲台，最后接纳他瘦小而苍老身躯的，却只有这个他离开了整整四十年的旧村庄。

他的孩子长大了，离他而去；

他的学生毕业了，离他而去；

他的乡亲人人为己了，离他而去；

他的事业后继有人了，离他而去……

只有他的狗毛毛，十年了，日夜相伴，不离不弃。

都说，陪伴是最长情的告白。我直到而立之年才读懂二十年前父亲的深情厚意：那抑扬顿挫、一步一句的"诗和远方"是陪伴；那自愿降级请调的"没出息"是陪伴；那贯穿整个童年、少年时代，每一个父母在身边的日夜都是陪伴。

而当父亲老了、累了、弱了、病了的时候，他想要的陪伴，又在哪里呢？

想到这里，我惭愧地落下泪来。生而为人，我第一次觉得，自己活得还不如一条狗有情义。

我终于不再恨父亲的那条狗了。如果狗的平均寿命是 15 年，那我希望它能突破极限，长命百岁！

父亲是条摇滚虫

林一芙 ♥ 文

01

小的时候，老师问我们长大以后要做什么。

话音刚落，别的同学众说纷纭，有的说要当画家，有的说要当科学家。那时候我以为所有厉害的人都是"某某家"，书法家、画家、科学家……我也举手，说我要像我爸一样，做个摇滚家。

我记得当时老师摸了摸我的头，告诉我那叫摇滚乐手，这是我第一次记住了父亲的职业。后来我才知道，玩摇滚的人是没有家的。

从我有记忆开始，父亲回家的次数都可以掰着手指头算出来。还不用算上两只手，一只手就完全足够了。

有一次，他半夜演出完，醉醺醺地回家。看到熟睡的小婴儿——我，一时酒劲上头，开了瓶白酒就往我嘴里灌。幸亏母亲被我的哭声吵醒，及时拦下来。她心疼得不行，吼父亲："你这个爸爸是怎么当的？"父亲像个做错事的孩子一样，局促不安地靠着墙根站着，酒醒了一大半。这件事情后来变成了母亲的笑谈，只有我耿耿于怀，以此作为父亲不负责任的罪证。

02

父亲曾经自负地觉得，身为他的女儿，出生后的第一声啼哭都会是自带韵律的。结果，等我长大，嗓子都唱劈了，还是不能在老师那里换来及格。我爸不信这个邪：玩摇滚的爹怎么能生出一点音乐细胞都没有的女儿？

直到有一次我被舞蹈老师夸奖有天赋，我爸大喜过望，自以为上天把他的艺术天赋换了种形式赐给了他的女儿。父亲为我规划好了成长的轨道，每周末去少年宫学舞，等到初中毕业直接上舞蹈艺校。他周末不再去排练，更多的时候是带我去少年宫学舞。

那时候的爸爸，放到今天来看，就是个名副其实的潮爸。别人记忆里的爸爸都是骑着吱吱呀呀的破自行车，而我爸每周末骑着摩托车，昂着头风驰电掣般从街头驶过。

我坐在他身后，头发被风吹得挡住了眼睛，看不见前路，只有耳朵还能在风声里依稀辨认出父亲的声音。他喜欢唱黑豹乐队的《无地自容》，永远都在循环那一句"我不再回忆，回忆什么过去。现在不是从前的我"。

我在舞蹈室练舞，父亲就背着写着"舞"字的粉红背包笨拙地站在门口。每当我从教室里出来，他都会献殷勤一般地迎上来问我："今天练得怎么样啦？""老师有没有表扬你呀？"我每次都面无表情地从他身边擦过，心里想的是，终于结束了乏味又痛苦的训练。

03

上初中的时候，身边很多同学的家长都已经有了小汽车，我爸还骑着当年那辆破摩托车。

他在一家琴行教吉他，没有课的时候，还兼职推销琴。推销琴是有回扣的，但他月月"吃零蛋"。琴行的人揶揄他，人是有"才"，却是缺"财"。

他把梦想都寄托在我的身上，我却开始暗自打退堂鼓。

一次，老师带我们去户外演出。演出的地点是个远郊的新楼盘。结束时天色已晚，老师挨个儿给家长打电话，让家长把孩子接回去。其他同学的家长开着小汽车来，陆续把自己的孩子接走。而我爸一个人骑着破摩托车"突突突"地停在我跟前，大手一招："上来吧，还愣着做什么？"

我不知道是因为太委屈，还是因为天气太冷了，一行眼泪顺着冻红的鼻尖淌下来。为什么别人的父亲都可以开小汽车来，而我的父亲却这么孬？

父亲给我戴安全帽的时候，我说："爸，我不要练舞了。"

他错愕地看着我，试图劝说我，以为我还是小时候那个用玩具就能哄好的孩子，但这件事我已经预谋了很久。

"我同学的爸爸都有车，只有你骑这种漏风的破摩托车！"

"那是你的梦想，不是我的。"

"我不愿意像你一样，在台上像条龙，在生活里却不如一条虫……"

他一路上再没讲过话。

晚上，他的房门半掩着，我生怕他不同意，偷偷在门口听着。

门内没人说话，只有重重的叹息，还有突然高亢起来的歌声："我不再回忆，回忆什么过去。现在不是从前的我……"

他理解作为一个父亲，

最好的陪伴就是像一个战争结束就撤退的士兵，

沉默不语消失在我人生的拐角处——

尽管这一切是如此残忍。

那首歌，父亲已经很久没有唱过了。

回到房间以后，我很快就睡下了。我对自己说，我没有必要为他的梦想买单，我是对的。

我告别了只读了半年的艺校。幸好，初一的课程不难，我很快就跟上了。

04

父亲依旧在琴行里教书，也开始努力推销琴。有天，琴行的人给他算业绩的时候说："什么时候开窍了？"

他买了便宜的二手车，偶尔还是会送我上学。我们俩彼此沉默不语。路过艺校的时候，我突然感受到了他的目光不拐弯地投射在我身上。我顺着他的目光转过头去，他赶紧局促地握紧方向盘："别看我，看书。"之后的日子里，我再也不做软开度训练，安安分分地读书、考大学。

去大学报到的前几天，他给我办了个成人仪式，趁我妈不在的时候，偷偷地带我去夜场。那是他曾经工作过的夜场，人很杂。身穿露脐 DJ 服的小阿姨带着笑走下台来，用手摸了下我的脸。她看起来很年轻，可是在一闪而过的走马灯下，依然显得疲惫而沧桑。

"哟，这是你的女儿啊？长这么大了。"

"可不是，9月份就要去读大学了，明天我就送她去上海。"

我爸伸过手，很有力地揽了一下我的肩。

小阿姨凑近我，我以为她要仔细打量一下我，却没料到她轻轻吻了一下我的脸颊。

"你爸爸当年可是我们乐队里的一把好手，后来有了你……"她看了看父亲的眼色，换了个话题，"不过谢天谢地，你也长成个大姑娘了。"

父亲带我开了人生的第一瓶酒。有父亲在身边，我放心地喝到满脸通红。

他说："带你来见识一下，免得好奇。以后要是朋友带你来，你可千万别来。"

父亲顿了顿又说："这么不能喝，看上去都不像我的女儿。"

那是他第一次对我说"你不像我的女儿"，失落里带着一份骄傲。

他红着眼眶，好像在说：爸爸只能陪你走到这儿了，前路叵测，你要自己保重。

05

电影《摔跤吧！爸爸》里，曾是摔跤手的父亲努力培养女儿进了国家队。女儿学完新的技术，却回来同父亲进行了一场比赛，用战胜父亲来证明"你教我的都是错的，你的那一套已经过时了"。

我比这个女儿更不通晓人意。我直接否定了父亲的梦想，否定了他的一切，只希望能够走出一条自己的路。

龙应台在《目送》里写道："我慢慢地、慢慢地了解到，所谓父女母子一场，只不过意味着，你和他的缘分就是今生今世不断地在目送他的背影渐行渐远。你站在小路的这一端，看着他逐渐消失在小路转弯的地方，而且，他用背影默默地告诉你不必追。"

父亲懂得这个道理。他理解作为一个父亲，最好的陪伴就是像一个战争结束就撤退的士兵，沉默不语消失在我人生的拐角处——尽管这一切是如此残忍。

父亲曾因为我的存在放弃了自己引以为傲的梦想，为我营造安稳的家庭。后来，他希望我能继承他的梦想，但他一次又一次放手，让我成为和他完全不一样的人。

玩摇滚是反叛，是颠覆，而爱是在任何处境下的深情久伴。

我在父亲彻底决定不再插手我生活的这一刻，感受到了一种从未体会过的孤独。我意识到他对于我，已经是纵贯一生的长久陪伴。

06

我上大学那会儿是 2011 年。

那年春节我回了一趟家，春节联欢晚会上旭日阳刚在唱《春天里》。

两个老男人嘶声唱着："可当初的我是那么快乐，虽然只有一把破木吉他，在街上在桥下在田野中，唱着那无人问津的歌谣……"

我爸抱着他的老吉他跟着唱。他是真的老了，声音远不如从前，只有按弦的手还灵巧。

我以为他在追忆昔日时光，结果他不由分说地把我搂进怀里。

电视上的人正唱到"那时的我还没冒起胡须，没有情人节，没有礼物，没有我那可爱的小公主"。

"可是我有可爱的小公主哦！"他搂着我说。

岁月在他脸上攀爬，
他以为你不会长大

衷曲无闻 ♥ 文

01

刚搬到新家那会儿，父母总放心不下。他们放下手里的活，寒风冷雨中奔波一周，为我张罗做橱柜、贴墙纸、安窗帘，希望我那里尽早有个家的样子。

周二的早晨，我下班后看手机，有家里的十多个未接来电，父母"混合双打"。

我回拨，父亲接了，我问："爸，怎么了？有事吗？"

他说："上次走的时候太匆忙，忘了把接洗衣机的水龙头换成专用的，今天我自己骑车去给你弄好了。想告诉你水管不能硬拔，龙头的下面有个活塞，按紧就可以取下来了。冰箱里放了你妈做的饺子，记得尽快煮来吃。"

我应声说："知道了。"

父亲说："家里就得弄温暖一点，冰箱、洗衣机、热水器、抽油烟机，现在全弄好了，省得你周末去住酒店。"

只是，虽然厨房搞好了，但我还是很少做饭。

一个人生活，有时间宁愿睡觉，也不愿意下厨，总是买一堆干粮，非得饿到不行了，才去进食。

有一段时间，我因为饮食不规律导致胃偏移，治疗了很久都不见效果，每顿比猫吃得还少，只能靠水果续命，父亲急了，嘱咐母亲把家里的碗都换成卡通的。

我不解地问："这样做有什么用？"

父亲说："小时候，每次你不好好吃饭的时候，换个新的好看的碗你就好好吃饭了，最近看你又不好好吃饭，就想着专门给你换个新碗。"听完瞬间我就泪目了。

父爱如山，就是在你虚弱，腿软的时候，

在你背后撑住你的那座山。

他给你足够的自由，放任你去追逐，

也为你做好最后的退路。

02

小学的时候，家里比较穷，我喜欢去邻居家蹭电视看。时间久了，难免遭人嫌弃，邻居家大人便让小孩把门关上，我就躲在门缝里看。

有一次过年，父亲从他修建房子的主人家抱回一台淘汰的黑白电视机，还有一个破沙发，自己捣鼓弄了一根天线，竟然能搜几个台。我常常趴在沙发上，看着看着就睡着了，雷都打不醒。第二天，我神奇地发现自己睡到了床上，我问父亲怎么回事，他就故作恼怒地说："还不是你昨晚睡得像猪一样叫不醒，只能抱你上床了，今晚再睡着就不准看电视。"

我心里一乐，呀！原来是老爸抱我的啊。然而，后来的每一天，我都是毫无防备地睡着，父亲依旧任劳任怨地抱我上床。其实好几次，我都是醒了假装睡着的，就想每天父亲抱我去睡觉，毕竟每年他只有过年的时候才回家。

后来上了初中，我和父母住到一起，出租房里换了彩电，沙发也稍好了一些，有一天我又在沙发上睡着了。父亲还是像我小时候一样准备抱我。但是我长得太快，体重剧增。父亲尝试了几次还是很吃力，只得拍拍我说："快起来，抱不动你了。"我当时鼻子一酸，只好假装没睡醒，揉揉眼睛起床。

一次体育课上做引体向上，我跳上去抓单杠时没抓稳，重重地摔了下来。嘴巴摔破了，下排牙齿嵌入下唇，拔不出来，血不停地流。老师把我送去医院，打电话给父亲，父亲很快就赶到了，做工时穿的衣服还来不及换，沾满了水泥砂浆。正好赶上医生给我清理伤口，父亲用手托着我的下巴，将我固定住。天气并不是很热，但是全程都感觉到父亲托着我下巴的那只手汗津津的，一直抖个不停，汗水浸过他的眼睛，他也不敢用另一只手去擦。

03

高一升高二的那段时间，我进入叛逆期，固执且不讲理。有一次我和父亲大吵一架后，赌气离家出走，在另一个城市待了几天。父亲发动所有亲戚找我，找得焦头烂额。

没骨气的我后来又独自回家，心里想着免不了一顿棍棒；或是父亲雷霆大发责骂一顿，然而什么都没有。父亲只是递给我一瓶水、一块面包，问："在外面有饭吃吗？饿了没？"从那以后，我再也没有做过让父母担惊受怕的事。

出来工作以后，一开始工资比较低，我每次打电话给父亲，他总会说："周末好好休息，别熬夜写文章了，实在没钱，我还能拿出一点。都养你这么大了，也不差这一两年。"

平时父爱如空气，他不擅长聊天，还一天到晚打击你的自信心，批评这批评那；关键时父爱如山，就是在你虚弱、腿软的时候，在你背后撑住你的那座山。他给你足够的自由，放任你去追逐，也为你留好最后的退路。

每每听到"我再也没有爸爸了"这样的字眼，我总是眼睛发涩，不敢想没有父亲是怎样的感受。就好像在你心里，一直都有那么一个人，你知道他在，你就不会无家可归。

但是，终其一日，还是会有他比你先走的时刻，余生漫漫，全靠你与回忆相互支撑了。

04

今年奶奶八十大寿，我驾车回家。

离家门口大概五百米的一段路，因为不在乡村道路的规划范围内，一直都是坑坑洼洼的样子，然而我开车碾过，却异常平坦。

吃饭的时候，父亲说话并不利索，腮帮肿得像桃子，因为牙齿开始脱落，让他常常遭受牙疼的折磨，我本来正在劝他去安一副好点的假牙，他却把话题转移了。

他说："担心你开不进来，那条路我填了三天，不过现在并不牢固，一场大雨还是会把泥巴冲走，过段时间得去弄点河沙来填，只是不知道你什么时候再回来。"

一瞬间我心里的酸楚被掀翻，忍不住在心底发问，天底下的父母，是不是都这么傻？

也许，只有父母，才会无条件地付出自己的一片爱心。在这个善变，什么都看利益，世俗又经济的世界里，没有任何东西可以衡量父母的感情。我们享受，却又嫌弃。

以前父亲是一个意气风发的人，却被生活打磨成一面光滑的镜子，反射出不真实的自己。他总是会用目光追随着我，会在我在厨房忙活时，进进出出；会在进门的时候换鞋子，怕弄脏地板；会在抽烟的时候茫然不知所措，怕我吸到二手烟；会把盛好的饭端到餐桌上，小心翼翼，好像一个客人。

岁月就这样无情地在他的脸上攀爬，他却以为你还没有长大。你急切地想从父母身边逃开，找出各种各样的借口逃离他们的视野，直到他们真的老了，才追悔莫及。

趁一切都还来得及，在父母的有生之年里，有空常回家看看，让他们的目光多在你身上停留，而不是含着泪目送。

我爱你，胜却一切人间美味

今我来思 ♥ 文

01

我爸是个大厨，哦不，用他的话来说，是腹有诗书的大厨。

大厨君对我的教育方式从来都是独树一帜的。我6岁那一年的盛夏，天闷热得让人喘不过气，可大厨君却兴致盎然，连哄带骗地把我带到田里晒了一整天。那晚，当我饥肠辘辘，对着一桌子好吃的垂涎欲滴时，大厨君却忆苦思甜，给我讲起了粒粒皆辛苦的故事……

如果事情到此结束，那么大厨君将是一个懂得实践出真知的慈父典范，然而转折发生在我14岁那年的寒假。

冬日的阳光温暖而洁净，我在阳台上满眼桃花地写我的秘密日记，忽然听到大厨君开门的声音。慌乱藏匿之间，我意外地发现了一个落满灰尘的本子。

那是大厨君八年前写的日记。他在带我下田的那一天写道：今天晒了闺女一整天，又饿了她一顿，以后应该不用再吃她那些乱七八糟的剩饭了。

隔天，我以一个播音界未来之星的身份播报了当年他关于我的剩饭的言论。岂料大厨君只轻蔑地看了看我，说："正因为你剩的玉盘珍馐值万钱，所以为父才停杯投箸不能食啊。"

我心里翻了个 360 度白眼，却不得不承认，虽然大厨君的方法欠科学，但成效显著。因为在当前及今后相当长的时期内，我不会再剩一粒饭。

02

在我发现大厨君尘封日记的同时，他也察觉到了我的秘密。

一个 14 岁女生的秘密，无非就是学长的每一个三分球都直直地投进我心里的篮筐。我开始苦思冥想送他礼物，然后把围巾打得松紧不一的我就被抓了现行。

那一夜，灯光幽暗，大厨君眯着眼睛认真地品鉴着刚入手的刀具。我看着他扑朔迷离的表情，觉得自己的心肝肺像等待烹炒的夫妻肺片一般颤抖。然后，我定了定神说："爸，今年冬天特别冷，你咋不问问我这围巾是不是给你织的呢？"

大厨君双眼放光，问："那你是给我织的吗？"

我咽了下口水，说："不是。"

我在学长生日当天包好围巾快乐地出了门，然后又带着一张像在苦瓜汁里泡过的脸回了家。

大厨君敲门的时候，手里还端着摆盘精致的夜宵。色彩丰富的扬州炒饭被堆成一个小山包，上面是他用薯条摆的一棵小树，用番茄酱做了枝丫。

我瘪了瘪嘴说好丑，大厨君一脸嫌弃，说："我这份夜宵叫'山有木兮木有枝'。"

我差一点哭出声来，为我的那份"心悦君兮君不知"。

大厨君确定我是雷声大雨点小后，缓缓开腔："说吧，人家选的是个什么样的姑娘？"

我想起学长跟校花一起相谈甚欢的样子，咬了咬牙说："狐狸精。"

大厨君压着嗓子笑得剧烈："也就是说长得漂亮，成绩好，人缘也不错喽？"

我五内俱焚却毫无反驳的余地，只得悻悻低了头。

大厨君清清嗓子说："闺女啊，这扬州炒饭要想做得好，所有食材必须得是精选才能相配。说白了你就两条路，要么破罐子破摔，只能暗暗祝福人家珠联璧合；要么就做一粒响当当的铜豌豆，优秀到让他们牙碜！"

14岁那年的寒夜，我人生第一次失恋的痛楚被一份热腾腾的炒饭抚平，而一粒响当当的铜豌豆却开始默默努力，向着让所有优秀的同学都觉得牙碜，哦不——钦羡的道路前行。

03

夏天总在蝉鸣中来，又在蛙声里去。

高考成绩放榜的那天，是我前十九年人生里最灰暗的一天。

若是从头来过，一年的光景对于一个急着长大的姑娘来说实在太过漫长，而因毫厘之差放弃却又让我如此不甘。那个漫长的暑假里我度日如年，厚重的窗帘遮挡住室外灼热的日光，幽暗的房间里几乎不分昼夜。

直到那天大雨滂沱，提早收工的大厨君把我从房间里拖了出来，命令我梳洗打扮，淘米做菜。

热气腾腾的汤底在夜雨里翻滚。大厨君也不多说，只顾着给我老妈夹菜，仿佛这饭桌上只有他们两个人。

我坐在对面，一个月来的委屈、不甘在一瞬间冲出眼眶，眼泪噼里啪啦地掉了下来，然后就一发不可收拾，哭了个天昏地暗。

良久，大厨君放下手里的筷子说："哭好了？去洗把脸，一会儿肉都煮老了。"大厨君把一块牛肚放进我碗里。我从不吃牛肚，觉得它长满倒刺，吃起来一定十分扎嘴。大厨君看出我的犹豫，眉毛一抬："就这么点儿胆量？"

也没有什么事能比这个夏天发生的事更坏的了，索性我闭眼大嚼起来，居然并不扎人，甚至还有点儿好吃。

大厨君把剩下的牛肚放进火锅，说："其实人生跟你吃牛肚没什么区别，有些事你越害怕，它就越强大，可你真要打定主意去面对，其实也不过就是那么回事。"

我看了看大厨君，又看了看锅里翻滚的牛肚，索性又夹了满满一筷，嚼得津津有味。大厨君眯起眼睛笑起来："这就对了，这也算'百味消融小釜中'了。不过闺女，你刚吃的那块可能没熟。"

那一年，我从复读班窗口望出去，风清云朗，水天犹故。

大厨君说得很对，那些让你害怕的事，真正去做了就会发现，其实也不过如此。

食物有伟大的力量，

因为饱含着调羹人的心意。

它是留有尊严的爱，

也是将人拉回烟火人间的手。

04

考上心仪的大学第三年，我奶奶过世。

我自幼只见过她两次，对于失去血亲的痛楚更直观地来自大厨君。

他回老家奔丧，半个月的工夫，整个人瘦了十几斤。

夜里我起床，主卧门没有关，透出星星点点的光和他压抑的咳嗽声。他从不抽烟，而那些寂静的夜晚，备用的烟灰缸里却是满满的烟蒂。

我顿住脚，披了衣服转身进了厨房。细细地切了雪梨，发好洁白的银耳，放上几颗红枣，几粒冰糖，小火慢煨。

大厨君听到响动，站在厨房门口定定地看我。

第一次，我觉得他那么单薄瘦弱。我侧了侧头，对着他展开一个微笑，我说："大厨君啊，昼短苦夜长，何不来烹羹。"

他愣了愣，然后微微仰了头，到底没让眼泪掉下来。

他说："闺女，要怎么办，爸爸没有妈妈了，心里疼得难受。"

我的眼泪抢先一步掉了下来。我蹲下身去，说："爸，你还有我。你记得你给我做的'山有木兮木有枝'吗？还有'百味消融小釜中'。是你说的啊，只要还吃得下，人生就没有什么过不去的坎。"

那天晚上大厨君把雪梨银耳吃得干干净净。

食物有伟大的力量，因为饱含着调羹人的心意。它是留有尊严的爱，也是将人拉回烟火人间的手。那是大厨君教给我的最朴素的智慧。

所以亲爱的大厨君啊，你知道我爱你烧出的每一道菜、调出的每一盅羹，可你是否也知道，我爱你，早已胜却一切人间美味。

不说一句的爱有多好

钱饭饭 ♥ 文

　　我知道成年以后的你总是很勇敢、很坚强。月薪三千，住潮湿的地下室，你一边洗澡一边硬气地歌唱。淋着大雨却迎面撞上搂着别人的男友，你愣在原地沉默尴尬，任凭凄凉和悲催交叠着来袭。使劲地攒钱，可涨薪的速度却始终比不上房价的增速，你拖着行李从一线城市辗转到二、三线城市，抬起头看不到未来的天空。

　　而对这些，你都没哭，因为你知道哭没有用。可是，到了月底你打电话回家，低沉的声音还是没能够瞒得住母亲，她把电话递给你那当家的爸爸。他沉默半晌，来一句："没关系，爸爸养你。"一瞬间，你再也绷不住，泪如雨下。

那是你在外头品尝了酸甜苦辣后，第一次如此清晰地感受到来自不善言谈的父亲比母亲更深沉的爱。这份爱，在小时候，你并不领情。

你觉得生活的全部温暖和快乐都来源于母亲，她给你唱儿歌，陪你过六一，准备你的一日三餐，当你在外受欺负时冲上前去理论。

记忆中的父亲仿佛永远不讨喜。他不知道你爱吃什么爱穿什么，却总是频繁地过问你的成绩。你和同学朋友争吵打架时，他从不会替你出面，反而会让你在角落罚站，逼你一遍遍地承诺：我再也不打架了。你除了有些怕他，甚至有些记恨他。

进入叛逆期的你开始有意无意地和父亲对抗，在父母闹别扭时，你变成母亲的同盟，挑衅威胁着父亲的家庭地位。你虽然看到了，那个被你定义为冷酷的男人满眼的不解和满心的忧伤，但你并不觉得有错，因为你觉得他不爱你，你听不到他对你说爱。

成长是一件特别快速的事情，还来不及思考，便已十八岁。

读大学之前，父亲为你摆一桌升学宴庆祝，你头一次见父亲那样高兴，他十几年的喜悦都在那一天释放了。

酒过半巡，他揽过你，说："娃啊，出门在外别亏待自己，有事和你妈说。"

他没说有事和爸说，而是说和妈说。你了解他，他真是矫情不来的，把做好人的机会全给了妈妈。

每个周末，你往家里打电话，如果是妈妈接，你会絮絮叨叨地说很久，关于校园，关于思念，关于生活琐事。

如果是爸爸接，你一准儿只有一句话："爸，我妈呢？"

后来你发现每次往家打电话，接电话的总是爸爸，你开始有些不满："怎么老是你？我妈怎么不接电话？"

你爸爸低沉地"哦"了一声把电话递给你妈妈，你又絮叨了十分钟之后放下电话。你突然想到了：每次都是爸爸接电话，并不是碰巧，应该是爸爸早就等候在电话旁边，就为和你来一段开场白的。

因为如果是妈妈接了电话，那他和你基本又是一周说不上一句话了。你开始懂得爸爸，懂得这个剽悍的男人内心的一丝柔软。原来粗犷的父亲，不知道什么时候开始变得细腻而敏感了，大概，就是从你离家读书的那一天开始吧。

你毕业了，想去大城市发展，打电话问父母意见，妈妈帮你分析来分析去，最后说"哎呀我也不知道了"。

爸爸却斩钉截铁："去吧，顺着自己的心意就好。"你知道他其实省略了后半句"有我给你做坚强的后盾呢"。

后来，你硬着头皮问爸爸要两千块，爸爸连夜托表弟给你转了五千。

你打电话回去想表示感谢，却不好意思开口，而他也只字未提，就像没给你打过钱一样。他是你爸，太懂你的自尊。

你度过了在陌生城市的第一次寒冷，感受到了来自父亲深沉的爱意，你觉得不混出个名堂来，怎么对得起他。

于是你比从前更加努力和拼命，希望一点点地多了起来，你满心欢喜地接收着时间带给你的硕果。

可是你比以前更清楚：这些年，你在他乡感慨时光飞逝，他却在家乡细数春夏秋冬。

你谈恋爱了。听说，爸爸也加薪了，可以加倍给你恋爱基金了。你不知道的是，他的所谓加薪只是多谋了一份工，多出了一份力而已。

你每次打电话回家，他都很开心，因为他觉得和你有得聊了，有共同话题了，他可以名正言顺地给你打钱了，你不会再尴尬了。所以他也总是乐此不疲地重复着："还缺钱吗？"

只有一次，他仿佛不怎么开心，说什么都是一个"哦"字。

后来你才知道，他不是很满意你当时正在交往的男友，因为交往两年了他都没带你回过他老家，也没跟你回来过。他觉得没谱儿。

但一位父亲是没办法直接和女儿谈这些的。你这才明白为什么每次妈妈都会像记者一样机械而细致地打听一件又一件事情。原来父亲才是幕后的主使。

你已经不是幼稚的你，知道体谅父亲的心，也被父亲的细腻打动了，你耐心地同他解释：大龄女在北京遍地都是，不要太操心。

可是你的爱情没能像你想象中那般顺利。你和男友被生活逼迫到一再妥协，退而求其次地去二、三线城市求职，屡屡不顺，开始相互指责和埋怨。数次，你被男友的无情冷漠或是不成熟伤害到。

夜晚，你抱着冰冷的枕头，泪水默默地流出来，你很孤单也很难过。那时候，你总会格外想念父亲。

你渐渐懂得，男朋友口口声声说爱你，但在一些小事上却不肯包容迁就你。只有父亲，从来不说爱你，目光却从来没离开过你。

终于，男朋友提出分手。他走了，你觉得天都塌了。你哭肿了眼去上班，心神不宁地出了好多错，你的领导并不能对你的处境感同身受。

领导说："出来混，哪那么多事儿！"

他把你的错误放大到不可饶恕的地步，逼你混不下去主动辞职走人。

你憋屈、无奈、痛苦到心都在撕裂，可是翻开手机通讯录，却还是无一人可以倾诉。

你在朋友圈发一些晦涩难懂的字眼：谁不曾失个恋、失个业？谁不曾遭遇过歧视和不平？

第二天你洗把脸出门，想买包方便面来泡。下楼就看到了推着自行车站在门口的父亲，他二话不说，上楼帮你收拾行李，说："你妈做了你最爱吃的红烧肉，回家吃吧。"

他跨上单车，你推着后座跑两步，"嗖"的一下轻快地跳上去，像小时候一样搂紧爸爸的腰。

爸爸租来的这辆自行车，载着你从住的地方赶往火车站。

这一路上，你路过公司大门，来来往往都是熟悉的陌生人；你也看到了前男友的车，副驾驶座上已经坐上了新的人。

你把头靠向父亲的背，泪水悄无声息地滑落下来，打湿他的衬衣。

他一定是知道的，但他什么都没有问，什么都没有说。而你知道，他是想告诉你，没人骑车载你，还有他，他还没老，可以带你看风景。

你也一定是知道的，人生前路凶险，爱情变幻莫测，前途未卜，但这都不是你哭泣的理由。你不怕呀，你知道身后一直有一个沉默的男人，他视你为瑰宝，爱你如生命。

那一刻，你心安极了，心里只剩下一首陈奕迅的歌：

> 骑着单车的我俩
>
> 怀紧贴背的拥抱
>
> 难离难舍想抱紧些
>
> 茫茫人生好像荒野
>
> 如孩儿能伏于爸爸的肩膀
>
> 谁要下车

回到家，母亲端上透亮筋道的红烧肉，你一边吃一边和妈妈聊天。

半小时之后，你突然来一句："妈，我爸呢？"

话一出口，你自己也感到意外，以前张口都是找妈，现在竟然也知道找爸了。

本来在另一间房抽烟的老男人，激动得起身，右手猛地在脸上抹了一把，赶紧出门去了。

临关门时他说了一句："我去市场看看，再买点你爱吃的。"那声音里分明有颤抖，有难过，还有心疼。

而你心里，已经分不清是什么滋味。哭了，又笑了。

你和妈妈说："妈，您和我爸别担心，我会好好的。"

那一刻，你终于明白，父亲那不说一句的爱有多好……

Chapter *5*

这世上，没有谁是一座孤岛

不管你的生活是悲是喜，只要有朋友在身边，他们都会告诉你你不是孤身一人，这样的友情显得弥足珍贵。

你不是孤身一人

二毛 ♥ 文

"你最好的朋友跟你心爱的人同时跌落水中，你会先救谁？"

好久以前，Twins 参加一个"你问我答"的专访，阿娇打开节目组提前准备好的出题字条，小心翼翼地念出这道题。

这问题好苛刻啊，恐怕大多数人都无法给出完美的解答。可阿娇话音还未落，坐在一旁的阿 Sa 立马坚定地说道："肯定是救阿娇。她最害怕水，否则她会溺水的。另外，我会找个会游泳的爱人，两个人一起救她。"

不知道我为什么很久都记着这句话。从那以后，我总是提醒自己："你看，这个世界上真的有人能做到对朋友比对恋人还要好。"

后来，我把这个故事说给阿莫听，他一点也不觉得奇怪地对我说："没什么惊讶的，她们都已经是 16 年的老友了。"

当时我有些木讷，等聊完天，我慌张地把自己身边的朋友数了一遍，发觉我竟然找不出几个能在我遭遇人生谷底时，保证能够拉我一把的新朋友。

也许不止在我和阿莫心里，对于很多人来说，轰轰烈烈的友情只有在少年时代发生过；成年后，就只剩下礼貌客气的交情了。

几天过后，我在朋友圈发了一条关于"为什么越长大越难交到好朋友"的提问。

下方有人评论说，是因为长大后人与人之间利益纠纷变多的缘故，感情便不那么纯粹了。

也有人说，因为人成熟了，对朋友的标准就会越来越高，自然而然好朋友就少了。

最后，有位朋友告诉我，之所以会这样，是因为跟年少时对豪情万丈的友谊那股追求劲相比，长大后对交朋友这件事，反而变得无所谓了。

这一点好像更符合我的交友状态，接着，我盘点了自己身上的"无所谓"。

工作以后，上着朝十晚七的班，回家第一件事就是摆成大字瘫，仰望天花板。

到了周末，拜个琴行老板做师父，或者去胡同溜溜弯儿，跑剧院听听曲儿，回来刷刷微博，眼睛一闭，就是个好梦。

至于朋友，我信奉的是"命中无时莫强求"这样的法则，不愿去创造彼此交流的机会，也没有刻意去经营，让感情走得更长远。

在我看来，朋友之间的交往本质源于吸引力，而不是硬碰硬。

不过说到底，朋友虽说丢了一路，但好歹活得倒是挺酷的。

直到一次和新认识的朋友去看电影，有个小细节彻底改变了我的认知。

那天天气很热，我们在入场前跑到一家饮品店买汽水喝。店里刚好在做一个生日当天免单的活动。

朋友瞅了瞅那张橘色海报，张大眼睛对我说："再过53天你就能上这儿接受来自汽水家族的祝福了！"

我有些惊讶，问她怎么知道我的生日日期。她说她把我的朋友圈翻了个遍，发现我在去年的生日当天许了个愿。

不光这样，她把自认为珍贵的朋友身上的某些小特质都给记下来了，以防自己粗心大意给忘掉。

在人与人关系愈渐淡薄的今天，竟然还会有人如此努力地去维护一段感情。满街都是槐花和洗发香波混合的香气，我被感动得一塌糊涂。

电影《一念无明》里，有句台词说："当个扑街仔很容易，不想解决的事情丢在一边不管就行了。"

不管你的生活是悲是喜，只要有朋友在身边，
他们都会告诉你你不是孤身一人，
这样的友情显得弥足珍贵。

我在想，与其说把对关系的自我放纵归结为酷，不如说，以往自己是在逃避该负的责任。

没有人会愿意化作一片孤岛，但恰巧，也少有人愿意为了不成为孤岛而去用真心换真心。

说朋友难交，那在一段感情里，我真的有尝试过与他们发自肺腑地沟通吗？为了维持一段友情，单凭缘分和几句不温不火的节日祝福难道就够了吗？

不，没有，也不够。

成年人之所以交不到新朋友，是因为就连自己也没有满足去充当一个好朋友的基本条件。

有时候还真的蛮气"人"这种生物的。

一边觉得，到了某个年纪，每天能跟自己聊聊八卦，能没心没肺地互相开玩笑的朋友不如从前那样多。

一边又用"不要被生活绑架""不合群不是罪过"等种种借口来掩饰自己在维护感情上的缺失。

但终归，人生永远不会在别离这里按下暂定键，你为昨天疏远的老朋友叹息，却又不懂得珍惜今天的新朋友，好朋友是不会自己跑过来的。

就在今年年初，我给自己设定了几个目标，其中一个就是要维系好和一些新朋友的革命友情。

不管你的生活是悲是喜，只要有朋友在身边，他们都会告诉你你不是孤身一人，这样的友情显得弥足珍贵。

比如生病时，有个人一边骂你不爱惜身体，一边还帮你熬姜汤，喂你吃药。

在你们有点小钱的时候，会相约有朝一日一起去南极探险。夏天下雨后，会穿着拖鞋一起去街上溜达，想着说不定能撞见彩虹。

生活原本不是热气腾腾的，人总是容易孤独，但一段好的友谊，能让你直到六十岁，还能再在世人面前打个侧手翻，拌拌嘴。

我很喜欢的一段话：遇上你之前，只想单枪匹马去闯荡江湖，看看这五彩斑斓的世界；可遇上你之后，只觉得江湖太远了，我不想去了。

朋友是这样，恋人也是这样。

只要你有心去捕捉好的人，别让新朋友"死"在第一步，也不要丢掉老朋友。

愿世间所有"在吗"，
都有回应

倪一宁 ♥ 文

今年五一我顺路回了一趟绍兴。

家里还摆着钢琴，很久没人弹了。我把琴盖打开，随便按下一个键，感觉往事就会扑簌簌地随着空气振动掉落下来。

我们家楼上住过一个跟我年龄相仿的女孩，我们常一起玩。那时我已经开始学钢琴，每天被规定要弹一个小时，这一个小时，不只是把我放在琴键缝里细细磨。

但很快我发现了一件事，当我在家练琴的时候，如果楼上的姑娘下来找我玩，我妈就会假装开明地放我去玩，等我回来，她大概也忘了我没有弹满一小时这件事了。

到如今我也忘不了姑娘在门口探出头说的那句："在吗？"如

同天降神兵。所以我们就约好，以后我每次弹《水边的阿狄丽娜》的时候，她就下来找我。

直到有天，有客人来我们家，我被要求弹奏点什么，思来想去，最熟的就是《水边的阿狄丽娜》。弹到一半，有人敲门，我去开，我说："你怎么这个时候下来，我家有客人呢。"她耿直得要命，问我："你不是弹了我们的暗号吗？"

……

那天，我真的是被我妈追在屁股后面打。

小姑娘们一起玩，当然也会吵架。但我们的道歉方式好简单，我只要冲上楼，拍她家的门，问一声："你在吗？"不管吵得多凶，好像只要拍一拍门，她就会在里头瓮声瓮气地说："我在。"

记忆里的夏天都是混淆在一块的，凉拖，短裤，没完没了地剥着盐水毛豆吃。

只有 2005 年例外。那一年，李宇春出现了。

而我家楼上的姑娘，成了她的忠实拥趸。我陪她买完了附近街边小店所有李宇春的海报和贴纸。

2006 年，我们升入初中，她在隔壁班。

她上初中的时候很朋克，上课下课耳朵里都塞着耳机，跟全班女生关系都紧张，跟男生都特别玩得来。老师把粉笔丢到她桌子上，她轻轻捡起，回扔过去。

我也没安分到哪里，上着奥数课，手边摊着习题集，其实紧张地在草稿纸上写小说。

她是我的小说的第一个读者。那时我太小了，也不讲究布局和构思，主要就是把我们看不爽的人，一个个写进去，让人家出门被盆栽砸中什么的。当然她也是我笔下的主角，某一天被星探挖掘，从此成为闪闪发光的大歌星。她看了很感动，说："我觉得你会成为很牛的小说家的。"

我十二三岁的时候没有想过真的以写小说为业，不为别的，主要是我觉得写小说会很穷很苦。但她是真想像李宇春一样自由自在地唱歌。每个周末，她都拉我去 KTV 练歌，我们只包得起两个小时，她唱，我坐着听，拿手铃给她欢呼。

她唱过《漂洋过海来看你》，也唱过《我的心里只有你没有他》。歌词都写得很缠绵，但我们当时对爱情毫无兴趣，我们只想成为牛 X 闪闪的大人，站在舞台中央，所有的灯都为自己点亮。

初中快要毕业的时候，她妈妈想把她送出国，去念会计，但是她不肯。她说："我要留下来，我要考音乐学院，我要唱歌。"

她妈妈努力跟她沟通，沟通不成，就打她，她被打急了就离家出走了。她妈妈来找我，说："你知道她在哪儿吗？你给她打个电话，就说你去看她，然后带着我去找她。"

我居然就真的带着她妈妈去找她了。她当时住在她的一个朋友家，那朋友是玩乐队的，染黄毛，扎鼻环，反正对于当时的我来说，一看就不是什么好人。她把门打开，看到是我，然后再看到她妈妈，立马就崩溃了，她说："你背叛我。"

但我当时没什么愧疚感，觉得她再跟这种朋友混下去，就废了，我要把她拉回正途。她再也不跟我说话了。我每天上学前，去敲她家门，问她："在吗，一起走吗？"再也没有了回应。

到后来，每天早晨去上学，不是下楼而是先上楼敲门，成了我的习惯。直到有天我崩溃了，一屁股坐在她家门前，抱着书包号啕大哭，我在门外问她："你明明就在，为什么不理我啊？"

终于她冲出门来，眼睛通红地看着我，她问我："为什么你不相信我啊？为什么你不相信我会成为很棒的歌手啊？"

我后来就去杭州念高中了。学校里也有玩乐队的人，男生在台上拨吉他唱《海阔天空》和《光辉岁月》，底下一群小姑娘嗷嗷叫。这时候我总会想起她，那时候还没有微信，只有QQ，我只能跨越太平洋问她："在吗？你在那边都顺利吗？"

有天我在晚自习的时候，接到了一个陌生号码的来电，是她。她没有自报家门，但我还是靠声音很轻易分辨出那是谁，她小声问我："在吗？"

我说："嗯。"

我看了看，那是个来自北京的号码，我说："你怎么回来了？"

她说："我回国了，我还是想唱歌，我朋友给我介绍了一个声乐老师，他答应收我为徒了，我要拜师。"

我沉默一会儿，说："那你找我干吗呢？"

她说："你借我两千块钱吧，我瞒着爸妈回来的，我没钱了。"

我当时很纠结，我很怕她一个人流落在外没钱被欺负，我其实下意识很想告诉她爸爸妈妈，可是又想起初三的时候，她愤愤地说"你背叛我"的样子。

我到底还是偷偷把钱转给了她。这个跟我懂不懂音乐、是不是热爱李宇春没关系，作为朋友，我理当支持她每一个形状滑稽的梦想。

然而尴尬的是，那个老师是个骗子。她没钱买回加拿大的机票，只好灰溜溜地回了家。她父母震怒，连带着借钱给她的我也很尴尬。

我最后一次听到关于她的消息，是去年，我妈说，她彻底回国定居了，在北京后海的酒吧里当驻唱歌手。

也是那一年，我用做错事很愧疚的语气跟我妈说，我真的还挺喜欢写小说的。

我长大了。

我觉得绍兴是个好小好小的城市，市中心都可以用脚步丈量完。

长大后，低头变得好难，

会讲很多恭维的话，

就是不太会老老实实说一句"对不起"。

我尽量过健康的，容易被世俗接纳的生活。我喝排毒果汁，每周健身三次，早睡早起。我恨不得在自己脑门儿上写"无害水果"。

我的朋友有很多，但我常觉得很寂寞。

我假装人畜无害，每个朋友都捏着我的脸说："你怎么那么可爱。"我心思细密，特别记仇，谁对我说过什么重话，我都记得一清二楚。

我过得挺好，但我不算快乐。

我跟朋友聊起过这一桩往事。我很认真地问他："到底是上初三时的我做得对，还是高中时候，那个偷偷借钱给她的我做得更正确？"

朋友说："当然是初中时的你脑子清楚。世界上很多人有梦想，但不是所有人都有天赋，很多人的梦想就该越早抹杀掉越好，才能安心做个普通人。"

我说："可是她现在在酒吧驻唱，应该也挺快乐。"

朋友露出轻蔑的神情，觉得很多人都误解了。他认为快乐是个主观概念，但它是有客观标准的。一个人过得好不好，路有没有选对，当然是可以被评判的。在朋友看来，她就是被自己的妄想耽误了。

我很想反驳他，可是我这个人，越气愤的时候嘴越笨，我脑子里突然闪过的，是我妈当年对着英语老师说的那句："我们家孩子也不是省油的灯。"

我跟他说："那可能，我也是个没什么天赋却空有梦想的普通人，你也看错我了。"

这不是气话。很可能，我们都是没什么天赋却空有梦想的普通人。

可是我总记得，在我笔法幼稚得要命的时候，就有人兴奋地每天催着要看我写的小说；在我都觉得自己不行的时候，有人说："我觉得你会写出很好看的小说的。"

长大后拼命跟世界要认同感，但早在很多年前，就有人，毫不犹豫地站在我身后了。就像很多年前，我弹《水边的阿狄丽娜》，类似于朝楼上的她发问："你在吗？在吗？"而她永远都用敲门声回答我："我在。"

我还想说，长大后，低头变得好难，会讲很多恭维的话，就是不太会老老实实说一句"对不起"。

我很羡慕小时候，只要拍一拍她家门，吼一声"在吗"，就能把积攒的怨气清零。

我后来想，"在吗"是世界上最无关紧要的开场白，后面跟着的，都是一些我们觉得难以启齿的话。

在吗，我还是挺想你。

在吗？很多年后，还是觉得欠了你一句对不起。

又或许，很多的"在吗"，是在试探，在追问，寥廓世界里，你是不是我仅有的同盟？

每当想起当年那个用一句"在吗"拯救了我一下午的她，我都会打开电台听歌，让思绪回到那年，让自己听见回忆。

你来过一下子，
我想念一辈子

达达令 ♥ 文

初中那年的某一个周末，班上一个不熟的女生走过来说："小令，今天下午我带你去我叔家吃饭。"

"你叔家？谁啊？"

"你别问，去了你就知道了。"

女生带我到学校门口附近的一片住宅区，那里有几排还没有拆迁的泥瓦房。走进屋里的时候感觉很暗，好在那个下午阳光很好，光亮透过窗户折射进来。空气中飘浮着灰尘，有种铁板烧吱吱作响的萦绕感。

屋里有个大叔出来迎接我，四十岁上下的年纪，看见我就和蔼地笑起来。我有种莫名其妙的亲切感，但是因为警惕性高，还是不敢太靠近。

女生介绍说："这是我叔。"

我笑着不出声，当作是回应了。

大叔说了一句："我跟你爸是战友。"

"哦。"

我想起来了，我爸之前当过八年兵，但是他很少跟我说起自己战友的故事。

那时候的我是个内向的小孩，不懂社交也不懂人情礼节，于是就傻傻地站在那里。

厨房里走出来一个阿姨，满面笑容地向我走来，然后说了一句："你一定是饿坏了吧？"

我忘了说了，当时是冬天，南方的湿冷有一种深入骨髓般的疼痛。

那时候的我刚开始发育，每天无时无刻不处于饥饿的状态，加上学校食堂油水很少，说闹饥荒都不夸张。

我一直觉得那几年自己的心跳都是很快的，因为要压抑住血糖低带来的眩晕感，我只能拿意志力来控制精力，好让自己可以认真学习。

于是在那一刻听到她说的话，"你一定是饿坏了吧？"我下意识地又开始心跳加速。她这一提醒，我越发觉得自己已经饿得在颤抖了。

女生给我介绍说："这是我婶。"

我喊了一声阿姨好，就再也不知道说什么了。

那天下午，女生的婶婶做了一顿火锅。其实算不上丰富，就是提前用骨头熬了一锅汤当作锅底，肉类就是瘦肉片、猪肝、肥肠，还有青菜，完全没有后来我到武汉上学吃火锅时看到的各种串串。

那个午后，窗外冷风呼啸，我捧着一个碗，一直不好意思夹菜。

大叔开始问起我家里的情况，我一一作答。渐渐的，我心里的紧张感也慢慢松弛了下来。

于是我终于开始吃菜了，顾不上自己的狼狈相，夹起火锅里的肉片青菜就往嘴里送，因为我真的是太饿了。

直到我觉得有些微微满足感的时候，才意识到自己已经吃第三碗米饭了；而女同学还有她的叔叔婶婶，都基本放下筷子不动了。

我意识到这顿饭到了尾声，而后也才意识到这个过程里我真的没有说一句话。

整个屋里安静得有些尴尬，只是偶尔听到这个婶婶说上一句："孩子你慢慢吃，不着急啊！"

那个时候的我也没有意识到自己该说一句谢谢，虽然那一刻我心里是万分感激的，但是我终究没有说出口。

这时候大叔突然问我："你一定是还没吃饱吧？"

我愣了一下。咦？他是怎么看出来的？

那个时候的我又哪里知道，自己一个傻白甜的孩子，所有的心事都写在脸上，更别说心里的那点小九九斗争了。

我害羞地低下头，可是却很要面子地说："不不不，我吃饱了。"

婶婶这时候突然想到了什么，说："今天去菜地里多摘了些青菜回来，放到明天也不新鲜了，要不趁着这锅底都吃了吧。"然后她进到厨房，拿出了满满两大盆洋白菜跟生菜。

就在我还在犹豫着不好意思的时候，大叔又放了一堆肉片到锅里，然后开始帮我涮青菜。婶婶往锅里下了满满两勺猪油。对，就是那种凝固了如白巧克力一般的猪油。婶婶不停地搅拌着火锅，嘴里念着："火锅烫青菜，一定要油水多才好吃嘛……"

那一刻，我的身体很诚实地拿起了筷子，然后开始了第二轮吃饭。他们都在一旁静静地看着我，也不说话。

我不记得那顿饭最后吃了多久，但是我清楚地记得我把所有的肉跟青菜都吃光了。我甚至来不及去想那些本来是他们准备留到第二天的食物，我满脑子都是幸福的满足感。

那是我进初中以来吃得最好的一顿饭，甚至比在家里还好。在那么寒冷而饥饿的下午，县城的同学们都各回各家了，剩下我们这些小镇上的孩子。

教室里，宿舍里，饭堂里，甚至是澡堂的水，都是冰冷的，冰冷到孤独。

这顿饭于我而言，堪比雪中送炭。

我至今已经不记得这个女同学的名字了，只能依稀回忆起她的长相：齐刘海，头发微黄，身材微胖，有些敦厚老实的感觉。她住在另外一个小镇上，周末也会跟我一样留在学校里。可是她很害羞，平时在教室里也很少跟我说话。

后来我问这个女生她叔叔怎么认识我，她回答说，是有一次她听到我提起我爸的名字，然后回去问她叔叔，得知她叔叔跟我爸是战友。

有一天她叔叔突然提到让女生带我去坐坐，于是就有了这么一顿饭的故事。

几年后，我突然想起这件小事，跟我父母说了一句，我爸还很惊讶：你还去过这个人家里吃饭啊？我已经很多年没有见过他了。

那顿饭里我唯一的记忆就是吃吃吃，我在不停地吃，甚至连感谢也忘了说一句。

他们都是很善良的人，小心翼翼的，轻声细语的；他们也有些局促，让我这么一个陌生孩子走进他们那天下午的生活。

我很感激那天下午的那一顿饭。在后来的日子里，我自己下厨，邀请同事朋友过来吃火锅，我都会提前中午就去菜市场买一根筒骨，加上一些八角、桂皮、红枣，一包清补药材，慢慢熬一下午，熬出一锅清香的汤底。

这一切的技巧，感觉，味道，与美好心情，都源于那一顿饭的回忆。

我也一直觉得，我对于冬天往火锅里下青菜热爱到发狂，也是因为那个下午，满满一锅猪油香润里，捞上一把半生不熟的青菜，爽脆清甜。

那一层光滑发亮的油腻，让我有一种感恩戴德的幸福感。

即使今天我有心情去尝试各种美食，空闲的时候给自己做各种大餐，可是都达不到那一次记忆里对于食物的满足感以及幸福感的顶峰。

我告诉自己，那个时候的自己是个穷学生，还没有开始思考人生，所有的时光都被学习的压力，一些想不清楚的迷茫，以及我喜欢的那个男生为什么不喜欢我这三件事情所充斥了。

而且重要的是，我现在不饿了，也不觉得寒冷了。

后来我初中毕业，去了市里的高中，而后是上大学，每次出发远行的时候都会经过初中学校旁边的那条高速路。当年的校园早就变得整洁干净了，学校附近的那一排泥瓦屋也早就拆迁了。

我终究没有继续跟那个女同学保持联络，也没有再听说过她叔叔婶婶的事情。我无法说出的一句感谢，可能是永远也弥补不了的遗憾。

很多年以后我问自己，为什么会记得那么清楚？那个女同学的婶婶系着围裙从厨房里走出来，头发有些凌乱，手里还抓着一把菜刀。当她跟我说："你一定是饿坏了吧？"那一刻我突然发现，也只有我妈会跟我这么说了。

或许这份朴实的关怀，在那个满腹自尊心而又内向的年少岁月里，是最打动我的一句问候了。

千言万语，也比不过这一句。

当你发现这个世上除了自己的父母之外，还有另外一个人也曾经考虑过你的自尊心，读得懂你内心的小纠结而又不让你尴尬至极，这何尝不是一种赚来的运气呢？

这阵子因为出书的事情一直在忙碌，早上被一个读者狠狠地说了一顿，她说我太不爱惜自己的身体了，每天都熬夜到很晚，活该自己要生病。完了她又叮嘱我要注意饮食调节，一定要多喝水。

有些事情你原本不在乎，但是有一天你的身体负荷不了了，你连后悔都来不及。她不停地给我轰炸留言，就像我妈一样，不，比我妈还啰唆。

这样的留言其实不算多，平时给我私信的人大部分的问题都是，你能不能周末也更新呢？你的文章很赞，或者是今天这一篇我不喜欢。当然也有很多人跟我分享自己的人生经历以及思考，这些都是让我觉得自己极其幸运的事。

只有很少的人会说上一句，你一定是很累了，你就不要回复我了，你只要看到我给你留言就好。

记得高三那一年，很流行写字条。有一天上晚自习，我太累于是睡着了，醒来的时候发现自修课已经快要结束，突然害怕得"哇"地大哭起来。身边的同学都被吓坏了，但是也不知道怎么安慰我。高考复习的日子里，分分秒秒的浪费，都觉得仿佛整个人生就要完了。

后来有个女生给我写了一张字条，在现在看来是鸡汤经典，可是在那个网络还不发达，没有手机的岁月里，这几句话着实把我感动哭了：

"大部分人只是关心你飞得高不高，是否会有人关心你飞得累不累？只要你的结果好，他们就认可你，却没有人去问你在这个过程中付出了多少。人生的旅程不在乎目的地，而是沿途的风景。任何时候还是自己关心自己最重要，不要等待别人来关心你。"

其实这个女生就在隔壁班，我们因为高三分班所以分开了，每天还是会打照面甚至一起吃饭。可是即便这样，对于这些真心话环节，我们还是愿意郑重地誊写在一张白纸上，折成一个漂亮的心形，然后交给对方，完了还要交代一句："你现在不要看，回去了再看哦！"

多谢那些年的偶像剧，让我们学会了这些幼稚而又小清新的玩法。

后来我们各自在不同的城市里生活工作，前年的时候我去老家看她，她怀孕在家当起了家庭主妇。

后来她的宝宝出生，有一天她突然问我："可不可以去香港帮我带几罐奶粉？"

我说现在奶粉限购，一次只能带两罐，但是我可以多去几趟。

于是我开始每周拖着行李箱过去，先排队拿了奶粉，然后才安心给自己扫货。

后来她提了一句说在家里很无聊，坐月子什么都不能乱吃。

于是我就去香港买了一堆进口无添加的零食给她寄过去，看看她喜欢哪一种，试好了以后就买这些给她。

有时候我的同事会问我，你帮人买奶粉一不赚点差价，二不收人工费，这些零食还倒贴，你干吗做这些吃力不讨好的事情呢？

我终究没有解释，如果我说是因为很多年前的那一张字条，一定会被笑话的。可是这对我而言，就是最重要的情谊，也是换来我的一份心甘情愿的强大理由。

我是个玻璃心的人，受不了别人对我好，有时候别人的滴水之恩我总想着拼尽全力去报答。有时候我甚至诡异地觉得，这就是我想努力变得更好的原因之一。

刘若英有一首叫《光》的歌中唱到：你来过一下子，我想念一辈子。

嗯，是这样的。

陪你说一世晚安

李梦霁 · 文

八月，那场兵荒马乱的青春，兀地画上了休止符。

那些年的执念，羁绊，藕断丝连，此刻终于尘归尘，土归土。

两不相欠。

我们的回忆没有褶皱，我却用离开烫下句点。

发微博说："换个城市，忘记前尘，好好生活。"

于是，我离开生活了 18 年的城市，孑然一身，漂洋过海。

在机场，耳机里萦绕着陈奕迅深情款款的声音，《陪你度过漫长岁月》，泪雨倏地蒙了眼。

向世界举手投降之前，我想再陪你一段。

陪你把沿路感想活出答案，陪你把独自孤单变成勇敢，陪你把想念的酸拥抱成温暖。

陪你，一直到故事说完。

航班的终点，是一个陌生的国度，一个从前只存在于新闻和天气预报中的城市——温哥华。

过海关时，回头望这座花城，像告别一场可有可无的爱情。

满目沧海。

成长是一场冒险，勇敢的人先上路。

01

那是一季盛夏。

万物蓬勃，一切向暖，夏意盎然。

温哥华夏阳不辣，轻暖轻寒。

下午三点放学，回寄宿家庭。

男主人在银行上班，西装革履，朝九晚五，很体面。

他会陪我去最大的购物商场，买日用品和手撕的公交车票。偶尔早起，他开车送我穿过一条条街道，停在 UBC（加拿大英属哥伦比亚大学）北门喷泉前。在我和小伙伴去伊丽莎白公园踩单车的傍晚，他开着电视，等我回家。

他曾在和我一样的年纪，一个人背井离乡，去芝加哥学美术，大约是明白人在异乡的苦。

女主人是日本人，是那种很拼、很努力的女性，处处要强，英语说得不比当地人差。

保姆阿姨是菲律宾人，会在我每一个手忙脚乱，险些迟到的早晨，特意为我煎一个最爱的荷包蛋，有时也做米饭。

我总归是亚洲人，对米饭的情结，比三明治深很多。

寄宿家庭里还有两个小朋友，姐姐7岁，长得像妈妈，黑头发黑眼睛。弟弟4岁，长得像爸爸，白皮肤蓝眼睛。

我经常和他们手舞足蹈地聊天。

他们正是牙牙学语的年纪，口齿不清，咿咿呀呀。我刚出国，口语很差，一口流利的中文无的放矢，经常急得不知所措。

每天下午五六点钟，在家门口的草坪上，都有一个穿旗袍的中国姑娘，带着两个加拿大小孩，撒着欢儿，唱着歌，鸡一嘴鸭一嘴，打着奇怪的手势，在"聊天"。

最顺畅的沟通，是每晚互道晚安。

我教他们说中文——晚安，W-A-N-A-N。

02

为了提高留学生英语水平，学校不允许留学生之间讲母语，被逮到要扣分。

人前都是"Excuse me"，背地里，我和一个上海姑娘，总是偷偷摸摸地说中文。

我们的友谊之花，在不见天日的"地下交流"中，日益情比金坚。

彼此陪伴，走遍了加拿大的山河大川。

在惠斯勒雪峰，坐 peak to peak 缆车椅，几千米的高空吊着两条腿，没有玻璃挡板。她恐高，一路呼啸，生生把缆车坐成了过山车。

在校内酒吧喝生啤，我们两个女生，毫发无伤地喝倒一桌男生，仍面不改色心不跳。

参加同性恋自豪周游行，看满天飘舞的彩虹旗和全身赤裸的男人女人。待久了，看到两个五大三粗的大老爷们儿卿卿我我，竟也有种寻常的烟火和恩爱。

我们千里迢迢，换了无数趟车，只为去唐人街寻一家"小肥羊"，吃久违的川味火锅。

那天我们都吃了很多，边吃，边红了眼眶。

大概不是因为火锅腾腾的热气，而是因为想家了。

十八九岁的年纪，漂在海外，山长水远，举步维艰。

所有的乡愁，都是因为馋。

我看过沙漠的烈焰，

看过深海的蔚蓝，

看过黄昏的慵懒，

却只想陪你，说一世晚安。

正如费老在《乡土中国》里写的："我初次出国，奶妈偷偷把一包用红纸裹着的东西，塞在我箱子下，避了人和我说，假如水土不服，老是想家，就把红纸包裹着的东西煮一点汤吃。这是一包灶上的泥土。"

胃知乡愁。想家时，多吃点，心总归能不那么疼。

多年以后，我们都离开了温哥华。

我在香港，她在台湾，依然像从前，会对彼此，说声"晚安"。

03

那时，妈妈还不会用微信，联通的国际长途费贵，且信号奇差，我们约好，每周进行一次 QQ 视频。

那天，我们去维多利亚上校外课。

维多利亚是省府，也就是省会，温哥华和维多利亚的关系，相当于深圳和广州。

在船上，我收到手机提示："您的 QQ 被登录，您已被迫下线。"

我没在意，以为是网络问题。

晚上回到寄宿家庭，打开电脑，妈妈的 QQ 消息一连串发过来，原来我的 QQ 被盗了，骗子骗走了妈妈两万块钱。

"你听不出来他是骗子吗？"我嗔怪她。

"对方一直喊我妈妈，说留学生部让赶紧交这个学年的学费。"妈妈委屈地说。

"我什么时候那么紧急地问你要过钱呀？一听就是骗子嘛。"

"正因为你从不张口要钱，头一回问我要学费，我才想着肯定是急用。他发消息给我，'妈妈你连我都不信了吗'，还发流泪的表情，我瞬间心软了。就算被骗，也好过你急用钱却拿不到。你一个人在外面不容易，无亲无故，无依无靠……"妈妈说着，竟哭起来。

我所有的坚强，霎时溃不成军，泪水决堤。

"没事，两万块钱而已，我勤工俭学，很快能赚回来。你别难过。"我宽慰她。

"你别去勤工俭学，吃饱穿暖，把自己照顾好，学点知识，开阔眼界，就是妈妈最大的心愿。你现在这么优秀，飞那么远，妈妈没有能力保护你了，唯一能做的，就是为你祈祷，祈祷你快乐、平安。"

从那以后，我再也没有用过 QQ。

我养成了每晚发短信，对妈妈说"晚安"的习惯。

后来的很多年，我生活不顺，去过很多城市。在兰州，在南京，在香港，在北京，不论身在何处，都会准时发短信，后来是微信，跟妈妈说句"晚安"。

如果今生，注定四海为家，我能做的，只有竭尽所能，不让妈妈太担心。

尾声

我看过沙漠的烈焰，看过深海的蔚蓝，看过黄昏的慵懒，却只想陪你，说一世晚安。

当年等我回家的男主人，送我香水的女主人，跟我学中文的姐弟俩，为我煎荷包蛋的阿姨，你们现在，还好吗？

那个和我一样是路痴，却陪着彼此把加拿大走遍，天天企图用三明治换我的米饭的上海姑娘，现在还好吗？

隔着 15 个小时的时差，听我牙尖嘴利地吐槽"留学生露水情缘"的你，现在，还好吗？

温哥华，陪你说一世晚安。

谢谢你，陪我把故事说完。

也曾深夜把酒话桑麻

陈大力 ♥ 文

01

我在还并不懂得掂量"知己"二字之分量的年纪，交过这样一个朋友。

与他相逢是在正轻狂的年纪，眼角盛光，胸口滚烫，会把"理想"二字高高举过头顶，无知、烂漫。我和他恰好被分到同一班的前后桌，几次闲聊后我惊喜地发现，我跟他的成长路径竟出奇地相似。都是书卷里长大的孩子，从小痛恨数学，不看童书，倒是翻遍了世界名著，最重要的是，心上宝贵的角落都郑重其事地端放着热切的作家梦。

那时的数学晚自习，我们二人都上得心猿意马，撕下练习本最后一页的边角，在小纸条上讨论欧亨利与托尔斯泰。我说，我喜爱托尔斯泰的平和妥帖，他着笔的张力，像石缝下的岩浆，总于无声处发热蓬勃；他说，他喜爱欧亨利的狡黠机灵，总在故事的最后一个环节轻轻一扭，咔嚓一声，让你之前对整个篇章的预设就这么突兀地断掉，妙。

在周围所有人都只关心怎么多拿分、少出错的时候，我与他——两个总是谈"梦"的人，显得有些不契合。我们一起挨骂，一起拿低分，那时其实我很绝望，不知道什么时候能摆脱数学的阴影，而他也常被家里人过高的期望弄得心口生疼。

尽管如此，在高二的时候，学校一放宽学生自办社团的限制，我俩脑袋还是撞到了一起，热火朝天地办起了文学社。连一个无人在意的名号都反反复复想了三天之久。老师不给时间筹备，我们就利用晚饭时间，在教室门口的空地，亲手一笔一笔，画着成色粗糙但态度万分诚恳的宣传海报。

想方设法拉到了两百多名社员，我俩又开始着手办社刊，取名，集稿，甚至找人联系印刷。当我们听说一位同学兴许能够帮忙找印厂时，欣喜得几乎落泪——能让自己的想法用铅字呈现出来，是我们那时所信奉的人生最高的意义。

现在想来很惘然，前几日我去北京签下了第二本书。他在北京念大学，离我住的地方不远，但我跟他很生分了，我甚至不知该如何提出见一面的邀请。

可是从前，当我们共同向一个遥不可及的理想踮脚张望的时候，心是很近的。

02

高一时，我曾经跟他去 C 城市区参加一场比赛，结束后去文化街区参观。那天下着小雨，跟他并肩走在伞下，我瞄到远处发光的通行牌在水里的倒影。那是六月，夏天刚刚生长起来的时候，潮湿微热，最适合犯傻，幻想远大前程。

于是我跟他在咖啡厅闲聊，说以后一定要一起开一家文字工作室，要两层楼，大落地窗，养猫，种绿植；要干净明亮的会议室，还有小厨房；要切完蔬菜与时兴水果拌沙拉，然后端上楼。每天把我们的 idea 整合出来，做成杂志，或者厚重的书。

年少时眼中的未来，是轻飘飘的，海面上的一张薄纸，立不稳，扶不牢，但让人心生向往，想一把把它打捞上岸。我们多爱憧憬未来啊，憧憬以后功成名就的日子，以为"追梦"不过是头顶星光，扬尘疾走，多少是快意怡然的，多少能够一日览尽长安花。

梦想是个渺远而高蹈的词汇，

听上去不带烟尘味，但真要摘下挂在半空的它，

是要满身泥泞地、万分艰辛地赶路的，

要一边叹气，一边紧握拳头。

后来自己开始写作，才发现其实真的开了工作室的人并非浪漫主义者，而是一些不折不扣的拼命三郎，每日应接不暇的琐事，全国各地无缝连接为之奔走的业务，最后往往落下一身疲与病。梦想是个渺远而高蹈的词汇，听上去不带烟尘味，但真要摘下挂在半空的它，是要满身泥泞地、万分艰辛地赶路的，要一边叹气，一边紧握拳头。

不过当时 16 岁的我们，并不懂。

03

上大学以后，我又约见了他。小长假，他从北京来上海，我们找了静安区小巷子里的一家餐厅。他抱怨北方气候干燥难耐，我附和了几声，往锃亮的红锅里放菜，除了锅底，那一刻没有任何东西是沸腾的。

我说，我准备签第一本书了，没什么经验，怕被骗，所以之前犹豫了很久。

他说："蛮好啊，很佩服你，能够坚持到现在。"

我说："那你呢？"

他眼皮轻微抬一抬，随后端起冰可乐，小啜一口："我？我怎么了？我就在学校里，跟社团的人一起打打排球，然后好好准备考专四呀。"

我差点就问出口，"你不想写东西了吗"，但终究咽了回去。其实那时候我就已经懂了，他已经选择了另外一条路，我无权苛责他去坚守从前的想法，他被人生教训了些什么，又割舍了些什么，我无从得知。

生分自然来得比熟络太多了，像上海的黄梅雨，几乎没有意外，它每年都会来。

我当时细致地跟他讲，我是怎么开始写文章的，怎么被签约的，怎么拿稿费的，他倒是听得饶有兴致，有那么几个瞬间，他的眼里也是放光的，慨叹说："大力，你真幸运，真的。"可是怎么讲呢，我总觉得如果换作 16 岁的我和他，场面不该如此清淡的。

写作对他来说已经是遥遥褪去的记忆，虽然是我的现在进行时，但不是他的，无法感同身受，成了横亘于这段友谊中最难以填平的沟壑。

后来我跟先生讲起这件事，先生说，他读本科的时候是穷游爱好者，跟几个至交一起轰轰烈烈地开办了旅行社，一开始都是豪情万丈，酒杯相碰清脆时，领头人满面红光，许诺未来的他们，一定大有作为。但几个月后，创业的苦涩泛上来，事务繁杂，盈利困难，哪怕勉强维持，几个人之间也是不断地怪罪、猜忌与争执，这时候他只能提议，尽早散了。

"你怎么能苛求一个人永远天真热血呢？冲动的确会有不得不冷静下来的时候。能把梦一直做下去的人是幸运的，像你，但大多数人，是没有天分靠喜欢的东西活下去的，还是不得不规规矩矩地，做个稳当而简单的普通人。"

04

其实人生就是一段又一段蜿蜒的岔路啊，总有人会在某个路标旁，挥一挥手，便跟你选择了不同的方向。

我们所能做的，不是拽着他的衣角，祈求他为你停步，而是平静地目送他远去，默默地祝福他在没有你的日子里，哪怕没有真的实现当初那些理想，至少能做个依旧柔软善良的普通人，快乐安康。

"陪伴"这个词，其实没有时限，哪怕追梦的路上，曾经的盟友丢下了你，中途奔逃，你也该把他曾同你，一起熠熠生辉的每一个闪亮的时刻，裱框在记忆里。

我非常喜欢的一段话出自斯诺依花姑娘，她说："人处在黄金时代里常常是不自知的，很多养分在那段时间里被无意识地挥霍掉了，遇到的人看起来误打误撞，却往往会成为最贵重的镶嵌。某些遭遇和情缘之所以念念不忘，就是因为被特定的岁月加持。在脱离的瞬间，你们就已经榨干了彼此。"

在脱离共同轨道的瞬间，在人生真实的柴米油盐开始侵蚀浪漫的瞬间，你们注定渐行渐远。

我前几天在北京签书的时候，一个人住酒店，恍然有那么几刻，会觉得没有他再同我分享写字的喜悦，像十六岁时那样，是实在有些遗憾的。

但当我看着窗外的车水马龙，看着北京这个步履匆忙的城市，跟他相处的许多画面，像万花筒一样在脑海中迸射时，竟觉得有些释然。

终归是老朋友，终归是做过知己，至今形同陌路又如何？再见面时不能接洽心境又如何？至少很久以前，我们深夜把酒话桑麻，你滔滔不绝，而我呢，轻轻沾上一滴，便醉成了此夜星空。

这样的余温，捂在胸口，也是足以微醺一把的。

你是我好到舍不得谈恋爱的朋友

封寒紫　♥　文

01

我和阿海是特别好的朋友，好到有很多朋友都会问我，你怎么不和阿海在一起呢？

每一次我都这样回答："我们从没有想过要在一起，也没有想过要分开。"

作为朋友，我见证了阿海和一个姑娘恋爱的全过程。他们恩爱的时候我默默祝福，从未觉得羡慕和嫉妒，但每次听说他们吵架时，我庆幸，我和阿海没有在一起。

后来，阿海跟姑娘分手时，喊我吃饭。阿海告诉我，他跟那姑娘删了彼此的联系方式，从此老死不相往来。看着不断在给自己斟酒的阿海，我突然觉得，我和阿海能一直是兄弟般的朋友，真的是一件很好的事情。

因为分手了真的很难做朋友，从朋友发展成恋人很容易，从恋人退回到朋友，会不开心也不甘心。

我愿意陪阿海做任何他喜欢的事情，我也记得阿海的生日以及对他说的每一个承诺，我融进了阿海的所有朋友圈并成了他朋友的朋友，我跟阿海无话不说而且熟悉彼此的每一件心事……

阿海对我说："我们之间，友情以上，恋人未满。"

我对阿海说："你是我好到舍不得谈恋爱的朋友。"

我心里明白，如果我和阿海真的合适，那么早就应该在一起了。可这么久了，我们都已经习惯了作为朋友的陪伴。

02

在《欢乐颂》里，曲筱绡和姚滨，安迪与老谭，他们也都是朋友。

姚滨应该是曲筱绡每次出麻烦时想到的第一个人，曲筱绡一个电话，姚滨说到就到，说查谁的信息立马查到，这世间似乎就没有他姚滨办不到的事。

友情里一旦滋生爱情的萌芽，

倘若结出爱情的果，

你就永远看不见那朵绚烂多姿的友情之花了。

老谭也是一样，关心起安迪，不只像朋友，更像长辈，总能给安迪指出问题的要害，每次出场，都能让人感觉到事情肯定会稳妥搞定。

我们都能感觉到，姚滨喜欢曲筱绡，老谭喜欢安迪，但我们也能感觉到，他们之间的友情太美好，美好得让你希望他们能在一起，又担心他们在一起后，有一天因为分开而打破了这样的美好。

友情里一旦滋生爱情的萌芽，倘若结出爱情的果，你就永远看不见那朵绚烂多姿的友情之花了。

03

我很喜欢舒淇，也像很多人一样，叹惋过舒淇与张震的感情。他们在侯孝贤导演的《最好的时光》里一口气谈了三辈子恋爱。我看过颁奖礼，舒淇挽着张震时，两人像是一对新婚的恋人，其他人都成了配角，像是来参加婚礼的宾客。可是 2013 年，张震娶了庄雯如，婚礼现场，庄雯如点名把手捧花送给舒淇，舒淇很自然地接过花束，与新娘真诚相拥，毫不做作。

去年夏末，《刺客聂隐娘》的一次发布会上，张震因为天气原因缺席，舒淇撂狠话不想与张震再合作。张震回应："我无所谓啊，我们私下很好，可以当一辈子好朋友就好了。"

一辈子的朋友，为什么不在一起呢？

直到有一天我看到一段关于舒淇的采访。她说她跟张震是十几二十年非常好的朋友，好到张震觉得她像男的，而她觉得张震像女的，张震有什么毛病她都知道，她有什么大男子主义的东西张震也都知道，但从第一天认识的时候，她就知道他们没可能做男女朋友，他们在一起很轻松。

我突然明白了舒淇在微博上写的"每个女孩子心中都有个爱不了也恨不了的田季安"的意义。我舍不得跟你谈恋爱，大概是因为，我想一辈子拥有你。

04

我也想过，如果我真的和阿海在一起的话，对彼此来说，会不会都有一种"我当你是兄弟，你却想推倒我"的感觉呢？

如果我们在一起了，在应该跟恋人在一起的时候我跟阿海在一起，在该和朋友在一起的时候我还是跟他在一起，两个人占据着彼此几乎全部的时光，就会很少像从前那样，有畅所欲言、无话不说的时候了吧。

《男人帮》里有一句话：如此珍贵的一个人，就不要因为冲动、寂寞或者失落而让她变成有可能的陌生人。

所以，现实里很多个程又青和李大仁是不会在一起的，甜蜜的结局大多都出现在像《我可能不会爱你》这样的电视剧里。

05

你了解我的喜好，知道我看到什么会笑，遇到什么会哭。你陪着我一起成长，看着我头发长了短，短了长。比起情侣关系，我更想和你当一辈子的好兄弟，彼此信任，相互支持，能开得起玩笑，也禁得起风浪。

难过的时候，我找你诉说，不要你抱抱我，只要在我快要摔倒时拉住我，告诉我你在。高兴的时候，我依然要找你诉说，不要你牵着我，只要我伸出手对你说"Give me five"（跟我击掌相庆）时，你与我默契地击掌。你永远都不会是我最亲密的人，却会是我一直最知心的人。我们之间有距离，却没有隔阂。

我们不谈爱情，不搞暧昧。

但我们可以，一起慢慢变老。

因为你是我好到舍不得谈恋爱的朋友。

请相信，
世界有时候就是这么好

喇嘛哥 ♥ 文

那时候，我和老五都是根正苗红的穷鬼，因为两个人的钱加起来还不够一半回家的路费，于是我们决定就在校园里度过那个夏天。

老五的家在遥远的青海湖畔，听说他妈妈一生只做两件事：怀孕和生小孩。于是，他们家一直在人丁兴旺中负债累累。于是他和我一样，占体校这种管吃管住的便宜，我们就成了队友，而且成了这种彼此谁也别嫌弃谁穷的同盟。

对，我俩只是同盟，除此之外，我俩从性格到兴趣爱好，没有一丁点儿交集的地方。譬如，他喜欢安静，吃饱喝足后像擦干净的器皿，不仔细看就如同一个标本似的；而我是那种火烧屁股，不闹出点动静，就担心世界把我遗忘的人。单凭这一点，他就已经警告过我，让我小心点。

我毫不示弱地挑衅他，接下来，我就被他逐出了宿舍。我在屋外叫嚣了半天，宿舍里一点儿声响都没有。我央求他开门，并答应如他一般变成一尊只出气，没动静的石雕。他才肯拉开半条门缝，脸上是神秘的笑容，让我再等等。望着他那七荤八素的笑容，我瞬间就蹦出一个想法：这人肯定在吃独食。我站在大太阳下，莫名地气愤，又恶毒地骂了一会儿，并发誓永不来往。

结果，就在我义愤填膺进行新一轮恶语攻击的时候，他笑眯眯地向我招手，示意我进去。这完全是瓮中捉鳖的套路，我当然不能上当，我胆战心惊地靠近门口，从门缝里看到一个场景，我瞬间就暖爆了。那天是我的生日，他背着我买了一个小小的蛋糕，上面插着一根蜡烛。他不知从哪里找出一条哈达，让我按照藏族人的习俗，隆重地叩拜。

现在尽管我已经忘记了我那天说了什么，但这一定是我人生中最特别的一个生日。一个贫穷的少年，连自己都无法保证明天能不能吃上饭，却那么奢侈地用心为另一个毫不相干的人过了一个生日。我现在都还记得那种令人惊喜的眩晕和小小的歉疚。

一次，我在街上溜达，居然找到一个商机。有个老板想雇用我们送米粉，送一次5毛钱，好在城市不是很大，从城南到城北，骑车最多也就 15 分钟，这样计算，一天能挣个块八毛。我几乎是跑着回到宿舍，把这个消息告诉了老五，想不到老五比我还兴奋，在金钱的诱惑下，这是我们有史以来唯一一次达成共识。

不过之后，我们又出现水火不容的分歧，比如，我说先送城东老张家的，他一定固执地要先去城西老马家；我说一天一结账，他却大大方方地答应老板月底结账……

我们每天一次分道扬镳，只是苦于我们是拴在一条绳上的蚂蚱，无能为力。谁让我们俩都那么穷，互相取暖是唯一的途径。

不过现在想来，这些都属于内部矛盾，在对外方面，我们还是惊人的一致。

后来，我们真遇到了一件必须同仇敌忾的事情。雇用我们送米粉的老板，到月底结账了时却百般抵赖，说我们骑坏他的自行车要扣钱，没有及时送达要扣钱，在客户那里说他的坏话要扣钱……

我和老五当然不干，先是据理力争，但后来发现一个真理，对待一个无赖，根本没有道理可讲。老板很得意地把我们当空气，依旧开着店铺跟无事人一般和别人谈笑。

接下来，我就发挥我的长项，站在店门口，像泼皮一样谩骂。围观的人里三层外三层，很快我就在一浪又一浪的笑声和喝彩中完胜老板，他灰头土脸地给我们结了全部费用。

就算之后遭遇过多少风雨和辜负，
也相信世界有时候就是这么好。

那天，是我认识老五以来，他第一次对我另眼相看。我们在一个小饭馆里，要了一盘奢侈的鱼香肉丝。我像一个凯旋的将军，第一次指挥得老五团团转。

但是不知为什么，当晚我莫名其妙地感冒高烧，上吐下泻之后有点虚脱，后来便不省人事。等我醒来的时候已经躺在校门口不远的诊所。老五给我买稀饭，大夫误以为老五是我亲戚，羡慕地说："你哥对你真不错。"我哑然失笑，其实老五比我小三岁，我们无亲无故。

那年，我们送米粉挣来的钱因为我看病花得所剩无几，我第一次有一种对不起老五的感觉。虽然老五还是那个样子，警告我"再扯淡，信不信立刻就把你扔出去"。我也就此打住这段煽情大戏，抒情篇结束。

那年的假期一共 44 天，是我和老五一起度过的。他那里存着我的 44 天，我的心底从此有个词开始枝繁叶茂，这个词就叫陪伴。

陪伴肯定不是爱的全部，但爱的顶级配置里一定有陪伴的席位。比如春雨对花朵的陪伴，灯光对黑暗的陪伴，搀扶对无助的陪伴，经历对岁月的陪伴……

几年后，我们都各奔东西，他回到了遥远的青海，我也辗转回到了故乡，从此以后再没有联系。

只是年龄越大，对那年夏天的记忆越发清晰和怀念。我常常会想起一些词，友谊、青涩、缘分等等，但是总觉得不足以表达那种经历。后来就想到了一个词，叫陪伴。

　　陪伴原来就是一段经历，而这段经历中有彼此的见证和挽挽，他有幸成为一个少年成长过程中宝贵的一段，而这段经历坚定了对爱的信仰，并无不怀疑的坚信，只有陪伴才是爱的终极目标！

　　就算之后遭遇过多少风雨和辜负，也相信世界有时候就是这么好。

（京）新登字 083 号

图书在版编目（CIP）数据

愿有素心人，陪你数晨昏 / 青年文摘微信主编 . --
北京 : 中国青年出版社 , 2017.10
ISBN 978-7-5153-4943-5

Ⅰ . ①愿… Ⅱ . ①青… Ⅲ . ①中国文学－当代文学－作品综合集 Ⅳ . ① I217.1

中国版本图书馆 CIP 数据核字 (2017) 第 245078 号

愿有素心人，陪你数晨昏

青年文摘微信 主编

责任编辑 徐安维 赵卉
监　　制 黄利 万夏
特约编辑 曹莉丽 刘长娥 李莲莹
装帧设计 紫图图书 ZITO®
内文插画 栗绛 舟蒲麦 桑子 阿琊 axu Zheng 某某 老八 tujian
PEIRUYI MORNCOLOUR Tomalto Paco_Yao redyang

出版发行 中国青年出版社
社　　址 北京东四十二条 21 号
邮政编码 100708
网　　址 www.cyp.com.cn
编 辑 部 010-64465110
营销中心 010-64360026
印　　装 北京瑞禾彩色印刷有限公司
经　　销 新华书店
规　　格 880mm × 1270mm 1/32
印　　张 7.25
字　　数 130 千字
版　　次 2017 年 10 月第 1 版
印　　次 2017 年 10 月第 1 次印刷
定　　价 49.90 元

如有印装质量问题，请凭购书发票与质检部联系调换 联系电话: 010-64360026-103